愿所有的付出，都不会被辜负

邢雪桥◎著

最黑的夜才能看见最亮的光
最绝望的努力才能开出最美的荡气回肠

这世上所有的坚持，
都是因为热爱，
生活不会辜负每一个努力的人。

汕頭大學出版社

图书在版编目（CIP）数据

愿所有的付出，都不会被辜负 / 邢雪桥著 . -- 汕头：汕头大学出版社, 2018.12

ISBN 978-7-5658-3026-6

Ⅰ. ①愿… Ⅱ. ①邢… Ⅲ. ①散文集－中国－当代 Ⅳ. ①I267

中国版本图书馆 CIP 数据核字 (2018) 第 302603 号

愿所有的付出，都不会被辜负
YUAN SUOYOU DE FUCHU， DOU BUHUI BEI GUFU

著　　者：邢雪桥
责任编辑：宋倩倩
责任技编：黄东生
封面设计：金　刚
出版发行：汕头大学出版社
　　　　　广东省汕头市大学路243号汕头大学校园内　　邮政编码：515063
电　　话：0754-82904613
印　　刷：三河市金轩印务有限公司
开　　本：880mm × 1230mm　1/32
印　　张：6
字　　数：128千字
版　　次：2019年8月第2版
印　　次：2019年8月第2次印刷
定　　价：36.00元
ISBN 978-7-5658-3026-6

愿所有的付出，都不会被辜负

序

天再高又怎样，踮起脚尖就更靠近阳光

黑白格的时间在《努力必须张扬，人生才有锋芒》里说过这样一句话："天再高又怎样，踮起脚尖就更靠近阳光。"同理，目标再遥远，只要努力朝前走，今天就比昨天离目标更近一步。

事在人为，这世上还没有努力也完成不了的事。人生还很长久，如果努力了还不能获取得成功的话，就加倍努力。天再高又怎样？踮起脚尖就更靠近阳光。没学历、没天资、没条件又怎样？人生还有梦想。只要你还活着，你还肯努力，梦想就有实现的可能。

"伟大的反义词不是失败，而是不去拼。"这是Nike的广告语。它告诉我们的道理就是，不想当废物，唯一的方法就是去拼。既然有幸活在这个世上，就得为了梦想拼一把。没有梦想的你，跟咸鱼有什么区别？

就算是咸鱼，它还拼命地想要翻身呢！难道你想承认自己连咸鱼都不如？还是你就想做不用翻身的咸鱼？

人生是属于你自己的，千万别让未来的自己被懒惰和安逸压得再也翻不了身；别让未来的自己讨厌现在不曾努力的自己；别让未来的自己，把现在的自己当成耻辱。只要努力，拼了命地努力，你就不会输，世界也会给你想要的惊喜。

不要羡慕别人的光鲜亮丽，他的所得，都曾明码标价，他们都是付出了一定的代价换来的。如果你想得到，你也必须付出努力去换取。最怕你一生碌碌无为，还安慰自己平凡可贵。这样的人，既可笑，又可怜。吃不着葡萄就说葡萄酸，戴不上王冠就说平淡是真。说白了，你就是在给自己的无能找借口。

迄今为止，我在梦想的路上已经走了十一年了，身边所有的人都劝我，一条道跑到黑不是明智的选择。学会放弃，生活才有新的开始。

不，我宁可因为失败被人贬低，也不愿意因为被人嘲笑就放弃。况且只要我们拼命努力，谁敢说绝对不能登上理想的天？为了梦想，拼尽全力又何妨？我要用自己拼来的可能，来回敬所有人说的不可能。

这世上，有太多人在辛苦而努力地活着。是我，也是你。

我只愿在最美的年华，绽放最好的自己。

这本书就是写给在雨里拼命奔跑，还没到终点的你。唯有坚持到最后，才能看到胜利的曙光。书中讲的数十个故事，总有一个能打动你；总有一句话，能够唤醒你的心灵，找回你出走的斗志。希望这些故事能给你鼓励，给你希望，温暖你这一路早已冰冻的心，治愈你早已遍体鳞伤的身躯。

请相信，你所有的付出，都不会被辜负。

目录

序

Part A 别等到转身之后，才说挽留

Part B 匆匆时光，别让离开成离殇

Part C 不用想太多，想做就去做

Part D 带上温暖，去朝圣

别等到转身之后，才说挽留

Part A

女人，不抱怨活得才漂亮

王者改变生活，奴隶抱怨生活。姑娘，想实现女王梦就请停止抱怨。你总拉着一张堆满怨气的脸，纵使你天资非凡，貌美如花，成功也不会跟你照面。相反，你任劳任怨，努力改变，哪怕你天资平凡，相貌一般，你也能戴上王冠，活出王者风范。姑娘，请相信：女人，不抱怨活得才漂亮。

你是否常常疑惑，你一直睡眠充足，用大品牌护肤品，还经常做 SPA，气色却不如跳广场舞的大妈。

姑娘，那是你被生活报复了。不信看镜子里的你，满脸怨气，嘴角还有你刚跟人抱怨时残留的唾沫。生活不欠你什么，凭什么让你抱怨？你抱怨它，它就报复你。即便天天用迪奥又怎么样，照样不如大妈漂亮。

你的脸就是你生活的样子，不抱怨的姑娘才活得漂亮。

我们身边不乏这样的朋友，见面没聊几句就开始抱怨：抱怨父母没本事、抱怨自己运气差、抱怨工作没前途、抱怨老板太苛刻。总之凡是没助她晋升发达的，她都抱怨一遍。中间擦一下嘴上的唾沫，拿出镜子补妆，看着自己不符合年纪的苍老，又开始抱怨岁月无情，摧毁年轻貌美的容颜。

朋友，再这么抱怨下去，你的生活真的“没好”。

抱怨父母？你不争气，他们抱怨过你吗？抱怨运气？俗话说，越努力越幸运。你不努力，与运气何干？抱怨生活？你不善待它，它有理由善待你吗？所以，你凭什么抱怨？或者说，你有什么资格抱怨？

亲爱的，快停止抱怨吧！越抱怨，越老得快。越抱怨，晦气越重。越抱怨，百事越不顺。

不信我来讲个故事给你听。

辛迪是我闺密，因为拥有一张明星脸，大家都叫她万人迷。可现在，她是万人烦。

一年前，辛迪的父亲投资失败。原本指望父亲送她出国留学，结果却成为泡影。那段时间，她逢人就抱怨，抱怨父亲没头脑，抱怨母亲没本事，抱怨上帝对她不公平。

别人嫌烦，她又来找我抱怨。现实太残酷，梦想总是被辜负。说好的马尔代夫、巴黎时装周，转眼成了海市蜃楼。

“姐，你说我的命怎么这么苦？”她的眼睛肿成大核桃，喉咙沙哑，整个人瘦一圈。可怜吗？可怜！该同情吗？不同情！抱怨是最无能的表现。

我说："抱怨不如改变，你完全可以靠自己努力重新得来。无能的人才对自己得不到的东西不停地抱怨。"

她悻悻地闭上嘴，大概也不想承认自己无能。

后来，她好不容易找份前台工作，可没干半年又是牢骚满腹。工资太低，半年没涨一分；总被留下抄写会议记录，却又得不到老板赏识；好不容易遇到晋升助理的机会，还被自己错过。而且在她心里，自从错过晋升机会，干什么事都不顺。出门被狗咬，逛街丢钱包，跑步也摔跤。简直倒霉透了。

我问她，为什么会错过晋升机会？

"被一个心机女给抢了。"她连想都不想，张嘴就来。抢？我记得有次公司开会，经理叫她去写会议记录，她却在微信群里约朋友玩手机麻将。工作从没认真努力过，还抱怨得不到老板赏识。若批评她，她就振振有词地反驳："拿着打发乞丐的工资，凭什么要我任劳任怨地给公司卖命？"她说这话时候咬牙切齿，表情像是被人抛弃的怨妇。

姑娘，你不任劳任怨，人家凭什么给你升职加薪？某些方面，你还真不如人家乞丐。人家即便沦为乞讨者，也没像你一样整日抱怨，而是风雨无阻地乞讨，努力活着。

是时候给她捅破脓包了。

我说："不加薪、不被老板赏识、触手可得的机会溜走，原因就是你的抱怨。一味地抱怨只会让你的形象更糟糕，赶跑你的运气。越抱怨越不顺才正常，再抱怨下去你工作都得丢。”辛迪张着嘴巴，惊讶地看着我。

姑娘，今天工作不努力，明天努力找工作。现实就这么残酷，你抱怨它，它就报复你。

这世上，除了抱怨自己还不够努力，其他的抱怨都是低级丑陋的行为。抱怨在很大程度上都是因为自己没本事，你每一次张嘴抱怨的时候，打的都是自己的脸。

在《不抱怨的世界》一书里有这么一句话："如果不喜欢一件事，就改变那件事。如果无法改变，就改变自己的态度，不要抱怨。”

姑娘，不喜欢就努力改变，不改变就请你别抱怨。你的抱怨在嘴唇上冒着白沫，你知道你的样子多难看？抱怨的结果不是得到别人的帮助和同情，而是自毁前程。千万不要指望抱怨得到怜香惜玉，在别人眼里，那个喜欢抱怨的你只会变得不可理喻，被人唾弃。

全世界都是陷阱，抱怨会让你陷入绝境。漂亮又怎样？成功一点也不稀罕你。真漂亮？镜子里，你都觉得自己的那张脸特别可怕。

女人，想活得漂亮，快走出抱怨的怪圈，不抱怨活得才漂亮。

写到这里，我突然想到我的堂姐。

堂姐和姐夫是大学同学，毕业后两人一起创业，开了一家传媒公司。两人都是肯吃苦的人，事业越做越大。可两年前投资不慎，一夜之间公司倒闭。姐夫经不住如此沉重的打击，患上抑郁症，把所有的事都甩给堂姐一人处理。

接下来，他们的公司被收购，房子被拍卖。堂姐一家从高档小区搬去贫民楼。我和爸妈去过一次，不足二十平米的屋子，又潮又暗。没有衣柜也没有大家电，地上堆满杂物。上下铺的铁床，上铺摞满被子和衣服，下铺拴着长绳，刚洗过的衣服还在滴水。厨房和卫生间设在一起，灶炉和马桶紧隔一个洗手池。连我这种农村姑娘一进屋都觉得头皮发麻，可堂姐却没抱怨过一句。她说，大城市租房子贵，有地方住她已经很知足。

为支付姐夫的医疗费，堂姐不得不出去找工作。结果一天之内被四家公司拒绝。不是堂姐没实力，只是那些公司都是堂姐从前的合作伙伴，怕堂姐借钱，都躲瘟神一样躲着她。堂姐仍旧没抱怨现实残酷，没抱怨平日看起来交心的朋友在她出事后躲着她。

后来，总算有个朋友看在堂姐从前帮过他的分上，让她留下上班。只是没想到，他给堂姐安排的工作竟是清洁工。可再苦再累，哪怕受到委屈，堂姐也没抱怨命运待她不公，没抱怨昔日朋友对她的冷漠。相反，她很感激朋友在她落难时给予帮助，工作时也任劳任怨。

姐夫发病时，堂姐常常整宿不睡，坐在姐夫床边，生怕他出事。家里人都说姐夫太脆弱，可堂姐却从没抱怨过他一句。

堂弟问她："姐，你活成这样不累吗？哪怕你偶尔抱怨一下发泄一下，也会轻松点。"堂姐说："抱怨只会让生活愁更愁，活成生活的小丑。王者努力改变，奴隶才整日抱怨。"

后来，堂姐的发小听说了堂姐的事，特意从美国带着新项目回来找堂姐创业。他说，和一位心理素质强大、乐观又任劳任怨的合伙人创业更有信心。

很快，公司的架子搭起来了，她的发小也完全放手了，把公司的大小事都交给她处理。经过堂姐和公司员工一年多的打拼，公司发展了一批新的客户，部分业务也开始赢利了。堂姐再次活成女王。

事实上，堂姐长得并不漂亮，也不是那种冰雪聪明的姑娘，可你在她身边经过，你会感觉到她全身由内而外散发出优雅恬静的美。

失败不可怕，可怕的是抱怨。失败从头再来就好。可抱怨是个泥潭，陷进去，就很难再爬上岸。生活向我们发难，那就笑着接下来，然后努力去改变，千万别张嘴就抱怨。

输，咱也要输得体面。这样反击，活得才漂亮。

王者改变生活，奴隶抱怨生活。姑娘，想实现女王梦就停止抱怨。你总拉着一张堆满怨气的脸，纵使你天资非凡，貌美如花，成功也不会跟你照面。相反，你任劳任怨，努力改变，哪怕你天资平凡，相貌一般，你也能戴上王冠，活出王者风范。

姑娘，请相信：女人，不抱怨活得才漂亮。

在你看不见的背后

生活中，你只会看见美丽的蝴蝶翩翩起舞，在你看不见的背后，是一只蛹为了重生痛苦地挣扎和不懈地努力；你只会看见舞台上光鲜亮丽的明星受万人追捧，在你看不见的背后，是一首歌练到嗓子像扎了尖刀一样疼，还在拼命地嘶吼；你只会看见某个业界精英又创造了奇迹，在你看不见的背后，是他们为了一个项目拼到几尽白头。

多少光鲜强大，多少大获全胜，在你看不见的背后，不是一夜白发，就是透支生命。你所羡慕的成功人士，多少心酸努力，多少苦楚不易，都在你看不见的背后。每朵芬芳醉人的花，背后都是你看不见的血和泪。

我们都知道，林肯是前美国总统。可林肯的前半生却过得无比辛酸和坎坷。小时候母亲去世，青年时未婚妻死亡；之后精神完全崩溃，卧病在床 6 个月；向朋友借钱经商，不到一年就破产；从那以后，用了 16 年的时间才还清债务；他一生经历了数次大选失败，最后在 51 岁当选美国总统。

在你看不见的背后，林肯摔倒了无数次，不止一次跌进人生谷底。但他却从未向命运低头，最后书写了奇迹。

每个让你望尘莫及的人，在你看不见的背后，都有一段与命运死磕的过去，有一段你不曾经历的心酸苦楚。

我相信大家都和我一样有过这样的想法，在飞机上听见空姐用流利的外语轻松地和外国人交流，你会觉得空姐不但漂亮，还好酷好牛。可在你不知道的背后，她们的努力和付出可没这么轻松，这么酷。

我初中同学柳卿卿就是又酷又牛的空姐一枚。别看她现在一副光鲜亮丽、不食人间烟火的仙女样子，但在她成长的背后却有着不为人知的努力和艰辛。

由于卿卿先天性脊柱弯曲，她的爸妈从小就开始培养她。从八岁起每天都要靠墙站立几小时。站到最后，真是腰酸背痛腿抽筋，可放松一会儿还要继续练习。别人学习都是坐着，但她除了写字以外，其他时间都要站着。卿卿说，她从不敢放肆地吃，汉堡、薯片、巧克力等食物，很少在她的童年里出现。她严格要求自己，不管以后身高长到多少，体重必须保持在 90 斤。坐有坐姿，站有站相，时刻保持自信的微笑。为了让自己的姿势更标准，她每周还去学习两节礼仪文化。小学时，她除了学习文化课外，还要学习三门外语。

到了初中，她几乎没有休息日。一周要学习五门外语，上两节口才班，空闲之余还要去健身馆健身。为了保护视力，看电脑的时间特别有限，课堂上她总是腰杆挺得直直的，眼睛离书本的距离非常标准。

大概是我自己随性惯了，总觉得她那样活着特别累。但卿卿说，从小接受训练，她已经习惯了。听完，我不免一阵心疼。我说，人还是活得随性一点比较好，小小年纪就把自己搞得那么累，不值得。卿卿说，随性的确挺好，但有些你想要的就永远都实现不了。她先天条件不好，又一心想当空姐，所以在某些方面就要从小培养。

她说，她曾经因为想吃巧克力哭得不行。她说，她长大后真的没吃过，就想记起来巧克力到底是什么味的。可吃了就会上瘾、发胖，对牙齿也不好，于是一忍再忍。小时候也因为多看了半小时的动画片被母亲骂哭。卿卿说，想成功就要有超强的自律能力，管住自己的嘴，稳住自己的心。她说相较于成功，不能吃巧克力，不能看动画片真的没什么，有舍才有得。

试问，两手空空去跟人家要成功，人家凭什么给你呀？如果你实在想要，唯一的方法就是拿出相应的东西跟人家交换。不付出就想得到你想要的，世界上没有这么好的事。世界是公平的，你必须付出相应的代价，才能换取你想要的东西。

其实，我们一点都不吃亏，我们能拿出来的，也只有时间、努力、汗水和坚持，还有一些微不足道的生活乐趣。但你跟人家换的可是无价之宝——幸福、美好和成功。只有你想不到的，没有他们拿不出的。想得到更好的，就要拿出更多的时间和努力去坚持，付出更大的代价去争取。

临近中考时，卿卿还在外面上英语补习班。老师和同学都劝她先把外面的补习班停下，不然身体会吃不消。可卿卿说，她在考英语四级，这是最关键的时候，不能松懈。

后来卿卿说，有次洗澡，她竟然晕倒在卫生间里。醒来后，她还要为了中考和考级的事继续奋战。她说，谁的成功都没那么容易。每个成功的人，在背后都付出了惊人的努力，尝尽了常人无法想象的苦楚和辛酸。而成功者之所以能成为精英，成为领袖，就是因为他们能吃普通人吃不了的苦，受普通人受不了的罪，承受着普通人承受不了的打击与失败。

后来，我们考上了同一所高中，但卿卿进的是奥数班。如此一来，她比以前更忙了，听她班上的同学说，她连吃饭、上厕所都掐着时间来。中午教室里黑压压地趴下一片，就她一人腰板挺得直直的，不停地写写算算。她说她校外的课程多，在学校更没有浪费的时间。别人忙着上网、打游戏、打扮自己，她却在忙着准备英语六级考试和日语口语考试。

工夫不负有心人，卿卿终于顺利地考取了航空学校。可真正艰辛的日子才刚刚开始。训练站姿时，要求双腿夹纸，头顶顶书，每天反复练习。不仅如此，还要牙齿咬着筷子，练习只露八颗牙齿的标准微笑。卿卿说，最难以忍受的是穿高跟鞋。训练一天下来，脚底板跟折了一样疼，没几天脚踝和脚面就磨坏了，脚上缠满了纱布。尤其她的身高没过一米七，鞋跟的高度就要比其他人高一些。天资不足，勤奋来补；身高不足，只能用辛苦和代价来补。自己先天条件不如人，还想要和别人一样的东西，只能在背后加倍练习。为了让自己尽快适应，她早晚都穿高跟鞋进行跑步训练，摔倒、挫伤脚踝都是常有的事。

我说卿卿太拼了，但又觉得卿卿做得对。哪个成功的人是一路踩着红地毯过来的？就算是，也是荆棘把脚扎破，一路流着鲜血，最后染红了地毯。

毕业时，卿卿已经掌握了多门外语。其中，英语过了八级，其他几门外语也基本上达到能熟练运用的程度。可大学期间，她没逛过商场，没和同学看过电影，没参加过聚餐，没像其他女孩一样谈一场轰轰烈烈的恋爱，更别提逛淘宝、追剧和玩游戏。她说，该奋斗的年纪就应该用来努力，二十几岁的年纪做八十岁都能做的事，岂不亏了自己。

前段时间我从哈尔滨飞西安，看见漂亮的空姐又想起了卿卿。但是想在飞机上见到她工作的样子，我还需要努力，因为卿卿飞国际航线。

每个成功的人，在你看不见的背后，都有一段痛苦的经历。欢声笑语，背后或许是肆意哭泣；一帆风顺，背后或许是坎坷荆棘；旗开得胜，背后或许是以命相搏。

想成功，就必须经历风雨的洗礼。狂风暴雨过后，定有彩虹出现。宫崎骏在《龙猫》里这样写道："生活坏到一定程度就会好起来，因为它无法再坏。努力过后，才知道许多事情，坚持坚持就过来了。"对，再难，咬咬牙坚持一下，在你看不见的背后，成功的人都是这样扛过来的。

生活中，你看见美丽的蝴蝶翩翩起舞，在你看不见的背后，是一只蛹在痛苦地挣扎和不懈地努力；你看见舞台上光鲜亮丽的明星受万人追捧，在你看不见的背后，是一首歌练到嗓子嘶哑，还在拼命地歌唱；你看见业界精英创造了奇迹，在你看不见的背后，是他们为了一个项目拼到几尽白头。

每朵芬芳醉人的花，开在背后的都是血和泪。

如果你想成功，也需要在背后默默地蹚过那条心酸苦楚的河。

她只是看起来很平凡

我们可以从外表来评论一朵花，或者一只蝴蝶，但千万不要以外貌和表象来看一个人。你永远不知道一个人平凡的外表下藏着怎样惊人的故事，有着怎样耀眼的光芒。越不起眼的花种，越能开出惊艳世人的花朵。你一定听说过这样一句话，越平凡越能绽放出最美的荡气回肠。

关馨是我看电影《战狼 2》时认识的。那天，她带着爷爷，背着帆布包在售票口买票。她的穿着很朴素，短发，小麦色皮肤。很普通的一个女孩，只需一秒就会被淹没在满是时尚达人的电影院里。若不是她牵着一位老人，很难引起人的注意。

很巧，我们座位是挨着的。她将爷爷安顿好后也坐了下来，整场电影下来，她都很安静。

电影散场，我匆忙走出了影院准备去吃东西。快到快餐店时，一个女孩骑着摩托车风驰电掣地朝我追来。原来我的手机掉在了椅子上，她特意借了一辆摩托车来追我。如此善良又拾金不昧的姑娘，我为她的行为点赞。随即便注意到她身旁那辆摩托车，进口雅马哈，宽大的构架跟瘦小的她形成了鲜明的对比。真不敢相信这摩托车是她骑过来的，我开始对她刮目相看。

为了表示感谢，我叫她一起去吃饭，她忙推辞说爷爷还在等她。最后我和她一起把爷爷送回家，在附近找了个烧烤店。我们边吃边聊电影里的情节，言语间总感觉她对那部电影有着特殊的情感。

席间她接了个电话，放下电话，她对我说，部队临时有任务，她的假期提前结束，明天归队。这时我才知道，她是个女兵。短短几个小时，她给了我太多的震撼与惊讶，我不得不重新认识这个女孩。

接下来，她便和我聊起了她的故事。

她说小时候她就喜欢看爆破排雷的电影，梦想成为一名优秀的排雷兵。高中毕业后，她便不顾家人反对，入伍到了某军区边防团，经过培训后如愿被分到排雷队学习工兵专业。

她的母亲听说她被分到了排雷队，便千里迢迢赶过来，非要把她带回去。她说她的哥哥是一名消防员，几年前在执行任务时不幸牺牲，这也是家人反对她当兵的原因。排雷兵更是危险重重，母亲再也受不了失去她的打击了。

她说，心中有梦想，若不去实现岂不终生遗憾。如果不能为理想而活，她宁愿不活。她的职业虽然危险，但为人民服务。若有一天也像哥哥那般献出生命，她也无怨无悔。她的话深深触动了我的心，如此平凡又不起眼的姑娘，却肩负着保家卫国的使命，走着一条伟大而不寻常的路。最后，母亲也只能遂了她的愿。

她说，在一次实际操作进行实爆时，她选用了雷管，可做的过程程序错了。若不是班长及时阻止，她的手就没了。从那以后，她对爆破比以前更认真、更谨慎了。

她对排雷有了全新的认识，开始进行各类爆炸物的安装和排除。半年后，她成了班里的标兵。可她没有自满，每天仍旧刻苦钻研，严谨练习，因为她想成为一名优秀的搜排手。

经过一年的努力，她终于从爆破手变成了搜排手，接到了进入遗留雷区搜排地雷的任务。几十米内只有一名作业手，时间紧任务重，近四十摄氏度的高温天气，她来不及避暑休息就开始进行排雷任务。

两天后，她搜到了疑似地雷的金属。她小心地拿探针慢慢刺探，果然发出了警报声。她按照动作要领，慢慢让雷体露出来，开始仔细连接电雷管，安装爆炸物。最后将地雷成功诱爆，完成了与死神的第一次较量。

我问她，这些年她有没有受过伤？她说每天出去执行任务，受伤总是难免的。有一次在中越边境排雷，行动即将结束时思想松懈引起了爆炸。整个人被炸飞出去好几米，她说那次险些要了她的命。但想要更优秀，就要付出更大的代价。她虽然只是个平凡的人，但党和人民如此信任地将任务交给她，她一定会拼命去完成任务。

如果不是听她亲口讲述，谁能看出眼前这个平凡的姑娘脚下是如此不平凡的路。

在现实生活中，我们千万不要轻视任何人。那些步行上班的，不是开不起宝马，人家只是想锻炼身体；那些衣着朴素，和我们一起挤公交的，保不齐哪个就是著名作家，在形形色色的人群里寻找写作素材；哪怕是大街上从不被人注意的清洁工，也许他家产上亿，只是不习惯安逸的生活。甚至街边的乞讨者，如果你遇到了困难，他会把几日来乞讨的钱都塞给你。

很多时候，遇事透过表象看本质，一定会有意想不到的惊喜。遇人透过外表看内心，一定会有惊人的故事。世界这么大，和你擦肩而过的人，她们只是看起来很平凡。

写到这里，我想起了一件事。

那天我翻看朋友的书，扉页上一张外国女性的画像引起了我的注意。画像下面写着“费洛伦斯·南丁格尔”，我问朋友南丁格尔是谁？她说是个英国护士。听她说完，我便没了兴趣。她说：“不要单纯从表象来看一个人，她只是看起来很平凡。”之后，朋友给我讲了南丁格尔的故事。

1854 年，南丁格尔在克里米亚战争中，极力向英国军方争取在战地开设医院，为士兵提供医疗护理。她主动提出申请，自愿担任战地护士，率领38名护士抵达前线在战地医院服务。她指出在克里米亚战役中，英军死亡的原因大多是在战场外感染疾病，和战场上受伤后没有进行适当的护理而导致伤重致死。

克里米亚战争中，英国伤病战士的死亡率高达42%。南丁格尔竭尽全力排除各种困难，对士兵进行认真护理。近半年的时间，伤病员的死亡率就下降到2.2%。更因为她的努力，让昔日地位极低的护士的形象大为提升。后来的国际护士节就定在5月12日，这也是南丁格尔的生日。

听到这里，我惊呆了。原来护士节竟是为了纪念一位我刚刚还不屑一顾的人。如果不是听朋友讲了她的故事，我怎会知道她竟是护理事业的伟大创始人。

谁说平凡的人不会有伟大的足迹，小星星也能放射大光芒。他们都是平凡的普通人，渺小如一粒尘埃，但他们却创造了奇迹。不要看轻你身边的任何人，以貌取人，不光屏蔽了美好和惊喜，还会误了你的前程。

以前在杂志上看过这样的故事，一个女士前去某公司应聘，对公司清洁工老奶奶极度不尊重。虽然她各方面条件都不差，但她并没有被录用。因为那个老奶奶是公司的董事长，只是临时客串一下清洁工。

所以，不要看不起你身边任何一个平凡人，也许在某一天，他会决定你的命运。

我们可以从外表来评论一朵花，或者一只蝴蝶，但千万不要以外貌和表象来看一个人。你永远不知道他们平凡的外表下藏着怎样惊人的故事，有着怎样耀眼的光芒。越不起眼的花种，越能开出惊艳世人的花朵。

姑娘，不要放下你的骄傲

有句特别经典的话是这样说的，姑娘别低头，皇冠会掉；姑娘别哭泣，坏人会笑。所以姑娘，不要放下你的骄傲。你不比任何人差，你无须看任何人脸色，更不必卑微地讨好谁。有些人，即使你卑微到尘埃里，他也不会爱你。时刻揣着你的骄傲，做不成被别人宠的公主，也要做被自己宠的女王。

几个朋友出去聚餐，饭吃到一半，雨虹的男友就打来电话，问雨虹怎么还没去他那里，雨虹低声地说在跟几个朋友聚餐。结果还没等雨虹说完，电话里就响起了男人的叫骂声，句句带着不堪入耳的脏字。最后他告诉雨虹，十分钟不到就分手，之后就把电话挂了。雨虹的脸色很难看，大概觉得男友太不给她面子了，但还是起身穿衣服准备离开。

朋友们都劝雨虹，他爱嚷嚷就让他嚷嚷去，吃完饭再走。雨虹一脸歉意，说她回去看看，如果方便她再出来。

雨虹今年 26 岁，在银行做大堂经理。大家都知道，雨虹有个被她宠上天的男友。每次出来吃饭，大家都特别照顾雨虹，尽量替她挡领导的酒，让她吃完可以早点回去。用朋友开玩笑的话来说，雨虹家里有“吃奶的孩子”。

这个“吃奶的孩子”和雨虹同岁，父母都是经商的，算是个富二代。整日无所事事，游手好闲，于是家里出钱给他开了家火锅店。当然，“吃奶的孩子”肯定事事都不会干，店里的生意除了服务员就是雨虹在照顾。

雨虹下了班就去男友的店里，什么脏活累活都干，外加伺候男友。店里不忙时，男友打游戏她要给男友按摩，男友和朋友吃饭她得一直陪着，就连男友睡觉，雨虹也得唱歌哄着。在家里洗衣做饭，给男友洗头、洗脚。别人都是把女生宠得像公主，雨虹是把男友宠得像儿子。

因为男友要赖不起床，也不去店里上班，雨虹经常请假帮男友照顾火锅店，为此她失去了很多次升职的机会。但她还是百般迁就男友，出门吃饭必须先给男友发个视频，让男友知道她在跟谁吃饭。如果男生多了，或者回去晚了，雨虹肯定会被男友骂。

朋友都说雨虹，干嘛那么宠他？就算得不到公主的待遇，双方也应该是平等的。雨虹则卑微地说了句：“没办法，谁让人家长得好呢！”

我说雨虹："长相是父母给的，关他什么事！他有什么资格拿来炫耀？"朋友也说，雨虹长相不差，学历不低，工作也不错，配得上更好的男生。大家都劝雨虹跟他分手，可不管怎么劝，雨虹就是不听。

我说雨虹："这样的男人根本不是真心爱你，他只是习惯了被人宠，觉得把女朋友呼来唤去很牛。这样的男人，就算你卑微到尘埃里，他也不会收敛他的脾气，不会爱上你。"

我说雨虹："丢了自尊和骄傲的女生不招人喜爱。"

可雨虹说，在他面前，她就是骄傲不起来。还说，如果骄傲一次，那结果就是分手。

我用力地拍着桌子吼："分就分呀！这样的男人，丢了都不可惜。"

但雨虹还是摇摇头，怯懦地说她不想分手。我恨铁不成钢地瞪了雨虹一眼。

一段没有骄傲和自尊的感情，不会很美好，更不会太长久。当然，这话我并没有跟雨虹说。

没几天，雨虹就哭着来找我，说要跟男友分手。

原来雨虹陪男同事吃饭，结果男同事被男友打伤住院了。雨虹说，前几天男友的母亲住院，雨虹请假去医院照顾男友的母亲。原本正在休假的同事特意回来替她顶班，雨虹觉得过意不去，这才找同事吃饭。结果男友竟找去饭店了，当着那么多人的面跟她动手，还打伤了她同事。雨虹哭着说，她以后都没脸面对同事了。

我说雨虹："不管在什么角色里，只要你放下了骄傲，你就失去了色彩，丢失了主动权。没了主动权，你就已经输了。"

雨虹问我她该怎么办？我说："把你放下的骄傲重新捡起来，像个公主一样，不被别人宠也要被自己宠。别低头，像个女王一样，重新戴上自己的皇冠。你掉下来的皇冠已经砸伤了自己，那就吃一堑长一智，别再把骄傲丢掉了。"

我给雨虹想了个办法，让男友跟同事道歉，看男友什么态度。并拿出本该属于她的骄傲，让男友把她当公主宠一次。如果男友能做到，并愿意为了她改正错误，就再给男友一次机会。如果男友做不到，也不愿意改正，那就放手。

我告诉雨虹，放弃一点儿都不可惜，因为他只是一个不懂得珍惜你的人。我们有自己的骄傲，不需要靠任何人活，自己就可以让自己活得像个女王一样。

最终，雨虹跟男友提出了分手。雨虹说，男友根本就没觉得他做错了，也坚决不去道歉，最后雨虹只好自己去跟同事道歉。男友还说，雨虹要是敢造反就跟她分手，说当初就是看雨虹事事顺着他，才和她在一起的。这句话一下激怒了雨虹，她真就拎起她的骄傲，维护她女王的尊严。那天她第一次打了男友，并把男友赶出了家里。

从那以后，雨虹就把以前陪男友的时间全部用在改善自己的生活质量上。努力工作、去美容院做保养、练习瑜伽、约姐妹看电影。雨虹比从前更漂亮，更有气质了。仅仅半年的时间，雨虹就被提职做了分行行长。

有一天雨虹给我打电话，说男友来找她复合。男友说不能没有她，他愿意改正错误。雨虹说，男友就是习惯了被她宠，根本不是真心想挽回她。最后雨虹特硬气地告诉男友："没你，我把自己宠成了女王。你，配不上女王。"我为雨虹的傲娇范儿点了个赞。

后来，雨虹说她想考研，但领导不放她走。我告诉雨虹，要抓住一切可以提升自己的能力机会。听完我的话，雨虹边上班边准备考研。经过一年的努力，雨虹被上海财经大学录取了。

在大学，雨虹结识了现在的男友袁世勋。世勋不但长得帅，还超温柔。事事都征求雨虹的意见，真把雨虹宠成了公主。

雨虹的故事证明了一件事：当你的骄傲可以撑起你的女王范儿，你才有资格被人宠成公主。

姑娘，别把自己的自尊拴在男人身上，别把自己的骄傲丢在任何人的脚下，别像个受气包一样卑微地活着。你有你的骄傲，好好利用它，才能让自己变成宝。那些踩着你的自尊还在欺压你的男人，就把他当寄生虫丢掉，别再让他腐蚀你的美好。

有句特别经典的话是这样说的：姑娘别低头，皇冠会掉；姑娘别哭泣，坏人会笑。所以，姑娘不要放下你的骄傲，你不比任何人差，你无须看任何人的脸色，更不必卑微地讨好谁。有些人，即使你卑微到尘埃里，他也不会爱你。

不管在什么角色里，只要你放下了骄傲，你就丢掉了主动权。没了主动权，拿什么赢得幸福和未来？放下骄傲，就等于举手投降、自毁前程。拾起骄傲，做不成被别人宠的公主，也要做被自己宠的女王。

默然相爱，寂静欢喜

“你爱或者不爱我，爱就在那里，不增不减。你跟或者不跟我，我的手就在你手里，不离不弃。”虽然你不能来我的怀里，但我可以住进你的心里。默然相爱，寂静欢喜。

凌晨两点，萧慢歌给我打来电话，说她在“夜色”酒吧，叫我过去陪她喝酒。我说有事就快说，正忙着呢！最近被选题搞得焦头烂额，实在没时间出去喝酒。她突然高分贝地尖叫，说我五分钟不到她就来砸门。

萧慢歌是畅销书作家，比我大两岁，在文学上也是我的前辈。平日里成熟稳重，并不是喜欢无理取闹的人。大半夜跑去酒吧喝酒，不免让人有些担心，最后我还是起身出了门。

当我到酒吧时，她已经有了醉意，桌上放着一瓶白兰地。见我来了，她晃着手里的酒杯说，她有故事和酒，问我是否愿意陪她一醉方休。我说好，我就爱听故事，我们边喝边聊。就这样，萧慢歌在醉意中将她的故事向我娓娓道来。

萧慢歌说，2016年，一个叫徐莫凉的男孩突然闯进她的生活，让从未谈过恋爱的她瞬间掉进了爱情的河里。她说徐莫凉比她小三岁，是在她新书签售会上认识的。

那天细雨飘飞，正是邂逅爱情的浪漫天气。虽然下着雨，但等着买书的人很多，徐莫凉就是其中一个。

终于轮到徐莫凉了，他问萧慢歌，买了她的书有没有小礼物送？萧慢歌说，有和书配套的笔记本，还有精美的书签。可徐莫凉对这个答案并不满意，痞子似地看着萧慢歌，说他想要一本带作者的书。

萧慢歌有些糊涂了，问他什么意思。徐莫凉却坏笑着来了句："调戏你的意思。"说完拿起书，并未多看萧慢歌一眼，转身就走了。萧慢歌觉得自己遇到了精神病，她不想因此而影响了自己的情绪，于是继续给读者签名。

活动结束时，雨突然下大了。萧慢歌站在书店门口，想等雨稍微小一点儿再出门。可就在这时，徐莫凉又出现了。

"知道下雨还不带伞，还作家呢，就是个笨蛋。"徐莫凉鄙视地看了她一眼，还没等萧慢歌反应过来，他就将伞放到了萧慢歌手里。整个过程，萧慢歌都是呆傻状，等她反应过来时，徐莫凉的背影早已消失在雨里。她当时明明心里很开心，但还是假装不满地喊了句："说谁是笨蛋呢？"

也许你会觉得这个桥段怎么和小说电影里那么一致，可那天的事情就是这么发生的。但徐莫凉不知道萧慢歌是开车去的，并不需要伞。

萧慢歌说，她以为两个人的缘分就到此为止了，以后不会再有交集。可后来徐莫凉不知如何知道了她家的地址，见了面就说萧慢歌欠他东西没还。慢歌这才想起来那把伞至今还在她的汽车后备厢里。

为了表达谢意，萧慢歌说她请他去吃火锅。席间，她得知徐莫凉刚从美国回来不久。这次回国是想通过媒体和网络寻找他的亲生父母。原来徐莫凉五岁从家里走失，被救助站收留后送去了福利院，十岁那年被一对美国夫妇收养。

徐莫凉说，那天的书就是福利院的妹妹托他来买的。徐莫凉整天看妹妹捧着萧慢歌的书爱不释手，他就想看看萧慢歌有多大的魅力。

"结果呢？"萧慢歌紧张地问了句。徐莫凉说，结果就是个笨蛋。这句话说完，徐莫凉便遭遇了一场狂风暴雨似的袭击。

从那以后，他们便成了朋友。萧慢歌开始动用所有关系在媒体发消息，帮徐莫凉寻找家人。只要一有空，她就陪徐莫凉上派出所找线索，觉得可能性大的就亲自去找。但每次都是高兴地去，失望地回。她说，徐莫凉只记得自己姓徐，只知道出生地是个小县城。他不记得父母的样子，但他后背有个胎记，每次都靠这个让别人辨认他。

没有线索时，他们就一起出去吃饭、看电影，更有甚者，萧慢歌逛街也要拽着徐莫凉帮她拎包。更搞笑的是，萧慢歌穿累了高跟鞋，就和徐莫凉换鞋穿。萧慢歌就在后面欣赏一会儿一米六，一会儿一米七的徐莫凉。

萧慢歌说徐莫凉唱歌很好听，有天徐莫凉打来电话说要给她唱首歌。开始时，她并未仔细听，因为她在赶稿。可听到后来她觉得不对劲，家里的门铃响了。她起身去开门，果然是徐莫凉，怀里抱着一大束玫瑰，电话还通着，徐莫凉深情地对她唱："我对你有一点动心，却如此害怕看你的眼睛。"

萧慢歌说，唱到最后，徐莫凉竟慢慢地靠近她，捏起她的下巴，将她的头微微扬起。她的心突然停止了跳动，直直地看着徐莫凉，直到他温热的唇贴在她的嘴巴上。一瞬间，她感觉整个世界都静止了，花儿也羞涩地闭上了眼。她就像灵魂出窍般地愣在那里，任由徐莫凉亲吻。

萧慢歌说，那天徐莫凉跟她表白了。但她却拒绝了他，理由是她比徐莫凉大，家庭背景相差很大，所以他们不适合在一起生活。

徐莫凉说，爱情无关年龄和身份地位，只要感觉对了，就要试试。不试怎么知道合不合适？但不管徐莫凉怎么说，她始终没有答应。

慢歌晃着手里的酒杯，独自喝了一大口酒。她说："桥，你知道吗？其实我的心早已被徐莫凉搅乱了，情海已经被他泛起波澜。那时我就知道，以后再也遇不见那样一个人了。他的热情催化了情窦，眉眼的温柔化成了一世的绕指柔。"

我疑惑，既已心动，为何不说出口？萧慢歌说，爱，原本就是清浅的岁月里，一道明媚的伤口。

那天，萧慢歌带着她的大学同学去见了徐莫凉。告诉徐莫凉，她要结婚了。那天，徐莫凉在她面前像个孩子一样哭得歇斯底里，萧慢歌则在回去的路上泣不成声。

第二天，徐莫凉就登上了飞往美国的飞机。

"故事的开头总是这样，适逢其会，猝不及防。故事的结局总是这样，花开两朵，天各一方。"

我问萧慢歌，为什么要那么做？她说，人生最痛的就是爱而不得，但真爱并不是占有。你只需站在他背后，远远地，远远地看着他幸福就好。

原来，她无意间听到了徐莫凉养母打来的电话，让徐莫凉回去订婚，说女方家境特别好，对徐莫凉的事业有很大的帮助。

“今天徐莫凉就是新郎。”她用力地蹙着眉，艰难地从喉咙里说出来这几个字，痛苦的表情像刚刚从喉咙里拽出一把刀一样。随后仰头喝尽杯里的酒，可却倒不尽缠绵的情和蚀骨的伤。

她说，徐莫凉离开快一年了。这一年的时间，她跑遍了这个城市的所有县城。拿着徐莫凉的照片，逢人就问，十九年前，家里走失孩子了吗？遇到线索很相符的，就征求人家意见要一份DNA，再和徐莫凉的对照。虽然到现在还没找到徐莫凉的亲生父母，但她说她还会继续找。

她还把今年的新书给徐莫凉在福利院的妹妹寄了一本，以前听徐莫凉说过，他一直在资助那个妹妹上学，她决定和徐莫凉一起来完成这件事。听他妹妹说，徐莫凉在搞科研，她就筹集相关资料发给他妹妹，还让妹妹帮忙寄去了她这么多年的稿费。

我问她，你做这些徐莫凉都知道吗？她说，爱情是两个人的事，但爱是一个人的事。情到至深处，只希望那个人过得比自己好。她说得如此坚贞不移，眼里荡着情的美丽。

张小娴说：“有一些人，这辈子都不会在一起。但是有一种感觉却可以藏在心里，守一辈子。”感觉对上了，不能在一起也要默默爱下去。如果因为不能在一起就不爱了，那当初的感情就不叫爱。匆匆时光，抬眸一瞬便盲了亿万年。都说长情会被伤，但情到铭心刻骨时，伤也是幸福的忧伤。

“你爱或者不爱我，爱就在那里，不增不减。你跟或者不跟我，我的手就在你手里，不离不弃。”虽然你不能来我的怀里，但我可以住进你的心里。默然相爱，寂静欢喜。

是花，也要为自己绽放

你是不是也在迷茫，如果自己是一朵花，那又为谁而绽放？
人生是自己的。泪，自己尝；痛，自己扛；未来，自己闯。
是花，也要为自己绽放。你若开得最美，世人都会来欣赏。

余秀微是我的初中同学，长得瘦瘦小小的，皮肤还很黑。像是营养不良，感觉一阵风都能把她吹跑，同学们都叫她黑枣。

初二时，她跟家里说想练拳击，结果遭到了全家人的反对。姐姐说，她瘦得像个小鸡仔似的，人家一拳就能把她打倒，几天都爬不起来。父母也说，女孩子练拳击，太暴力，也太不优雅。

余秀微却说，活在别人的眼光下，不如活在自己的期待中。何况人生是自己的，如果自己是一朵花，也要为自己绽放。听取别人的意见，永远开不出自己喜欢的模样。最终家里没拗过她，只好让她报名试试。

起初，余秀微只是周末去拳击馆练习。老师说她体质不行，她就每天跑步、健身，加强锻炼。在拳击馆学了一年，她被老师推荐到了市体校开始正规训练。她说并不是因为她优秀，只是馆里的老师看她认真好学，有拼劲，又想把拳击发展成自己的事业，这才把她推荐到更专业的地方。

于是，初三她就转到了体校。每天跑步十公里是必不可少的，俯卧撑每天要做一百个。刚接受正规训练，余秀微的身体有些吃不消，双手每天都处于青肿的状态，但她还是忍着疼痛坚持着。看着校里的老拳击手做得特别轻松，她就告诉自己，没有人天生如此，只是她们天天坚持。只要坚持做下去，今天就一定比昨天好。坚持一段时间，一定会有不一样的结果。

余秀微第一次跟对手练习，被对手一拳就打倒在地。那次训练，她足足被对手打倒了十次，每一次都咬着牙爬起来。她说，自己选择的路，被打倒也要爬起来继续走。被打倒了说明自己还不具备赢的实力，想赢就要比别人更努力。

从那以后，余秀微就开始加强训练，晚上十点还在训练室。队友都说她太拼了，最后都不跟她练了。队友跑了，她就打沙袋练习，一练就是两小时，有时一整晚都不回寝室。累了就直接躺训练室休息，体力恢复了就起来继续训练。她认为，既然人生是为自己绽放，自己不努力，跟谁要赢的实力？一颗花种，只有付出汗水，才能浇灌出世间最美的花朵。

通过不懈地努力，她有了惊人的进步。但她仍旧没松懈，每天坚持早起一小时举杠铃，随后练习拳击。她说，努力没有极限，实力更没有顶点。不要更好，只要最好。就算为自己绽放，也要按照惊艳世人的结果来要求自己。

两年后，余秀微被选拔到省拳击队，开始了真正的拳击生涯。每天的训练，除了严苛还是严苛。最难时就是被对手打落了牙齿，全身也都伤得不轻，教练还在耳边喊，起来继续。

那时真是打碎牙往肚子里咽，咬着腮帮子继续训练。尽管这样，她都没喊过一句放弃。

她知道，当她的所有努力都是为了绽放最好的自己，她就什么苦都能扛，什么罪都能受，什么痛都能忍下去。她还知道，不拼命生长，就没有实力绽放最好的自己。

然而梦想的道路，总是沟沟坎坎，漫长又曲折。我们努力地奔跑，但也避免不了华丽地跌倒。

19 岁那年，余秀微通过省队的层层选拔，参加了全国少年女子锦标赛。比赛进行到第四回合时，余秀微被对手击中胸部。瞬间，一阵剧痛向她袭来，对手连续得了两分。休息时她感觉自己伤得不轻，但还是坚持上台继续比赛。

由于剧烈的疼痛，她已无力还击，最后还是被对手击中下颌倒地。再次被击中时，她已疼得满头是汗，全身痉挛。她说，她不知道死是什么感觉，但那时她就有了临死的感觉。可当她听见裁判数秒时，她还是咬着牙，用尽全身的力气往起来爬起来。

毕淑敏说："只要你自己不倒，别人可以把你按倒在地，却不能阻止你满面灰尘遍体鳞伤地站起来。"最后她终于站起来了，可走路已经有些踉跄。医生说她伤得很重，需要马上急救，教练立刻要求她放弃比赛。但她说，中途放弃比赛，比失败还可耻。

后来说起这件事，她说，最后三分钟，她像在地狱里走了一趟。但她还是感谢自己，勇敢地坚持下来了。"所有人的坚强，都是柔软生的茧"大概就是这个意思吧！失败和痛苦经历得多了，再柔软都会被磨炼得坚强了。

那天比赛结束，余秀微就被紧急送去了医院。经检查，她的肋骨骨折，外加下颌骨骨折。手术结束后，父母坚决不再同意她继续上拳击台了。父亲说，拼搏是好事，但她的职业太危险了，再坚持下去命就没了。姐姐也劝她放弃，并安慰她，她努力过，没辜负自己。

"不可以。"她回答得很干脆。既然自己要按照一朵花来生长，不绽放到最美决不放弃。她说，有些路很远，走下去很累，但不走不甘心，会后悔。谁的成功不是九死一伤，却还在坚持。最终，父母败给了她的毅力和斗志。她在家休养了半年又归队训练。

由于伤势刚恢复，她每天的训练最多不能超过十小时。但她还是背着教练偷偷加练。她说，总有人要赢的，那为什么不能是她？赢这个字比任何买卖都公平，你拼命地付出，它就不会让你输。

果然，几度风雨的洗礼，她的春天终于来了。一年后，她终于夺得了全国女子拳击锦标赛乙组四十五公斤级冠军。

历经九死一伤，“黑枣”终于让自己绽放出了最鲜艳的花朵。

你是不是也在迷茫，如果自己开成一朵花，那又为谁而绽放？

人生是自己的。泪，自己尝；痛，自己扛；未来，自己闯。是花，也要为自己绽放。

只要努力生长，一定能开出自己想要的模样。哪朵惊艳世人的花，不是浸透了奋斗的泪，洒遍了牺牲的血？今日的努力，是为了明日的花开。当下的付出，是奇迹的伏笔。梦想在不够努力的人那里才是遥不可及。虽然不是每一次努力都有收获，但每一次收获却都必须经过不懈地努力。

虽然生命的绽放是父母精心的培育，但是生活的绽放则要靠你自己的努力。这世上，没有平白无故的成功。不拿出相应的筹码，谁会给你想要的一切。不具备一定的实力，千万别张嘴跟世界要惊喜。当你的实力能扛得起你的梦想，你才有资格和世界谈你想要的惊喜。

承受不了疼痛 就不配拥有梦想

我重新拾起了丢失的梦想，就算跌倒也学会了坚强。我一直在努力，努力变成你期待的模样。只是，你还好吗？

刚刚去书店买书，收银台结账的人很多，我一边排队一边东张西望。可不经意地回眸，却看见一个熟悉的身影。苗条的身姿，飘逸的长发，一如从前一样美。她手里拿了几本书，微皱着眉，像是犹豫在买哪一本。我就那样一直望着她，想叫一声老师，却怎么努力也张不开嘴。直到她大概选好了书，也朝收银台走来。我赶紧结了账，落荒而逃。

出了门，慌乱的心还是没逃过记忆的牢笼。思绪瞬间跌进了回忆，直面那段尘封已久的往事。

谁的青春都会出现那么一个人，倾尽所有温柔对待你。给你温暖，给你鼓励，抚慰你受伤的心。她就是那个人，我初三时的新班主任曼莉。

她对所有学生都很好，但对我却很特别，让成绩不好的我受宠若惊。其实第一天见面我就觉得她和其他老师不一样，她不但漂亮，还特别温柔。尤其是笑的时候，更美，颇有种回眸一笑百媚生的韵味。

我主动跟她接触的原因有两个。第一，全班近五十人，她上任第一天就记住了我的名字。她跟我说的第一句话是，雪桥，把笔放下，别扎着眼睛。那时的我做事习惯用手指夹着笔。我感动她的温柔，还惊喜地发现她知道我的名字。因为我成绩不好，以前的老师到学期结束都不知道我叫什么。

第二，她认真批改了我从前不敢拿给老师看的作文，并鼓励我坚持写下去。以前的老师，只要我作文写得好，就会在批阅时说我抄袭。我问她为什么没说我抄袭，她很疑惑我会这么问。我说因为我是差等生，所以常常被人冤枉抄袭。她说，只要努力，就没有差等生。还说，就算是差等生，身上也有闪光点。她的话让我很感动。

我以前从未和别人提起过我的梦想，但从那以后，我向她敞开了心扉。我说我热爱文学，想当一名作家。她说，想要，就拼命地去努力。相信有一天她会和我一起分享成功的喜悦。那时我还夸下海口，说保证不让她失望。

后来，我还和她说起家里的困境，说起青春里的忧伤。她用她的苦难经历告诉我，勇敢面对一切，咬牙坚持住，困难总会过去，明天的太阳一定会照常升起。她不光是我的老师，更像是我的姐姐，尽她所能，给我温暖和鼓励。

可后来，我还是让她失望了。一次征文比赛的失败，让我对写作不再有梦想，开始拒绝写作文。那段时间，我成了她办公室里的“常客”。

那天我又因为没写作文被她叫去办公室问话。她问我，怎么又没写作文。我说，不想写。尽管说得很轻松，可心还是沉重地抽搐了一下。她静静地看着我，不说话，也不做任何事。

“人可以为失败而哭泣，却不可轻言放弃。”她终于说话了，如水的双眸看透了我所有心事。我顿时有些慌乱，眼睛不敢直视她。“你放弃了作家梦，现在连中考也想放弃吗？”她问我。我并没有回答，但她依旧耐心地和我讲着她的人生感悟。

她说，梦想是值得每个人用一生去追求的美好。我问她，美好为什么破碎了，还扎伤了我的脚？疼得我都害怕前行了。那时候的我就是那样子，受到一点挫折就觉得人生灰暗，任何事都没有坚持下去的意义。

她说："疼痛是逐梦者的必修课，承受不了疼痛就不配拥有梦想。"她说得很决绝，像是梦想的代言人，不带任何私情。她让我看看韩剧《我叫金三顺》里的金三顺，看看《小妇人》里的郑未得，看看人家都是怎么坚持下去的，再看看我自己，遇到小小的挫折就被击败了。

听了她的话，我不知哪里来的倔脾气，伸手拽过她书桌上刚批过的考卷，狠狠地揉成一团，扔进了垃圾桶里。她惊呆了，看着我的那种表情，不止是吃惊，更多的是伤心，是失望。但我还是连句道歉的话都没讲，直接转身离开了。

"邢雪桥，你给我站住！"她压抑着情绪的声音在背后响起。我的手搭在门框上，稍微迟疑了一下，还是走出了办公室。"邢雪桥，你给我回来！"我站在楼梯的转角处，听她伤心的话响彻整条长廊，但我终究没有转身回去。那天，我当着全年级老师的面伤了她的心。

后来又因家里遭遇一些变故，于是我开始自暴自弃。觉得上帝跟自己有仇，将所有的不顺都砸在我一个人身上。那以后我开始逃学，常常借酒消愁。她多次开导劝慰我都听不进去。后来再见面，每次都不欢而散。

最后，我终是因为成绩不好放弃了中考，没毕业就先离开了学校。

那以后我和她也遇见了几次，都是如这般落荒而逃。我从未上前问过一句，是否安好？不是我不惦念，只是自己尚未成功，自觉没脸见她。

从离开校园那天起，我就开始后悔，当初为何不珍惜。后来重新拾起梦想，也是为了十年二十年后再聚首，不让她失望。虽然当年做了逃兵，但我就是想证明，从她班里走出来的学生不是孬种，更不会服输。

每次写文卡壳，想要放弃时，就告诉自己，不可以，还有人期待你成功呢！哪怕写到全身酸痛，手指僵硬，累得瘫倒在床上，也会告诉自己，想见她，就爬起来继续努力。哪怕被编辑退稿，也会告诉自己，老师说过，承受不了疼痛就不配拥有梦想，失败真的没什么大不了，爬起来继续奋斗就可以。

我重新拾起了梦想，就算跌倒也学会了坚强。我一直在努力，努力变成你期待的模样。只是默然回首，你还好吗？我微闭双眸，眼角有泪轻流下。

时光腐朽了太多远去的记忆，斑驳了许多人的样子，但幸好它善待了我的青春。感谢时光将我的青春雕刻成一朵花，那个倾尽温柔待我的人，那些温暖我一生的事，在金色的花蕊里绽放着永不凋谢的美。

青春的记忆，流年里的你。我会百倍千倍地努力，重拾旧梦，夜夜执笔。只为不再辜负你。

Part B

匆匆时光，别让离开成离殇

如果你不快乐

《图片时光》里有这样一段话：“如果你不快乐，那就出去走走，世界这么大。风景很美，机会很多。人生很短，不要蜷缩在一个地方。”

今年夏天，石榴竞聘公司部门经理失败后，又遭遇男友劈腿。她跟我哭诉人生看不到一点儿光亮了。

我说，你之所以看不见光亮，是因为你是井底的那只青蛙，头顶的那片天灰暗了，就嚷嚷着世界灰暗了。你只是身体受限，才看不到无限的美好。此时不妨跳出黑暗的井底，到自己没去过的地方看看。许多想不通的事或许会豁然开朗，看不到出口的路或许会柳暗花明，累累心伤或许也会被抚平。

听了我的话，石榴决定去她很久前就想去的地方，中国最北的漠河，她说要去北极村看北极光。

初到漠河，石榴的第一感觉就是虽没有名胜古都的大气磅礴，却独有小桥流水的美丽。石榴在滴滴打车找了个靠谱的司机，既方便出行，又可以给她当导游。

这司机是个年轻的小伙儿，叫黎昕。车技很好，关键是人很老实，晚上出行比较放心。黎昕听石榴说要去北极村看极光，于是告诉石榴，如果单纯地想看极光可能到最后会失望。从1956年到现在，漠河北极村每年观测到的极光次数最高不超过十五次，大部分年份都在五次以下。他今年二十八了，一共只看见三次。

听到这里，石榴不免有些失望。见石榴一脸的失落，黎昕赶紧告诉石榴，虽然可能看不见极光，但一定能一睹极昼的美。石榴赶紧问黎昕的话是什么意思。黎昕说，漠河每到夏季白天会越来越长，尤其夏至那天，夜幕不足两个小时，被人们称为不夜城。这便勾起了石榴的好奇心。

然而，石榴的第一站还是去了北极村。山环着树，水绕着山，水中倒映着湛蓝的天，这是北极村给石榴的第一印象。水秀山青，到处都是清新的味道。她给自己找了个不错的宾馆，希望能等来北极光。一周的时间，石榴白天都在睡觉，就等着晚上看极光。

黎昕问石榴，有没有其他想去的地方，石榴说没有。黎昕有些好奇，大老远跑来就为了看北极光？石榴点头，随后又摇头。

这才说起了她身上发生的糟糕事。

石榴说，她为了那个部门经理整整准备了半年的时间，做好了充分的准备，结果还是落选了；还有那个该死的男友，口口声声说爱她，结果跟别人劈腿。石榴说，如果男友回头，她还会原谅男友。她说她知道这样做实在太贱了，但在她心里除了男友再也装不下任何人了。黎昕听完，二话没说就发动了车子。石榴问黎昕要去哪里。黎昕告诉她，到了就知道了。

车子在一片湿地的观景台停了下来，黎昕说，这是中国最北的湿地——九曲十八弯。现在是观景的最佳时间，晚上我来接你。说完不等石榴说话，就开车走了。

“喂，我没说要留在这里呀！”石榴跺着脚，气急败坏地朝黎昕嚷着，但车子早已疾驰而去。当她站在观景台上举目远眺时，却惊呆了。山上的苍松茂密，层层叠叠，黛绿如墨。峰峦叠嶂如风起云涌，松涛阵阵似万马奔腾。蜿蜒曲折的额木尔河，如蛟龙过境，迂回向前。清晨的空气特别新鲜，雾气弥漫，石榴感觉自己如临仙境一般。

见此美景，石榴开始觉得不虚此行。拍照、晒朋友圈，还幼稚地把照片放大，数着到底是不是“九曲十八弯”，完全忘记了刚刚的不情愿、不开心。

石榴遇见楠秋林是傍晚太阳将落未落时，楠秋林一个人支着三脚架相机对着日落的地方拍摄。通过聊天，石榴得知他是个摄影爱好者。由于石榴也热爱摄影，很快便和楠秋林熟络起来。

那天她跟楠秋林坐在夕阳下，聊总也实现不了的梦想，聊“美好”的人生。聊到最后，楠秋林说，抱怨生活不是一件好事。总抱怨它，它会对你发脾气。

原来楠秋林在去年刚经历了一场车祸。那场车祸让他失去了父母，他自己也失去了半条腿。以前他就总爱抱怨，嫌父母管他太严，抱怨生活处处与他作对。他说，死一回就活明白了。看不开的都看开了，放不下的也能放下了，再也不会为一点小事伤春悲秋了。失去半条腿又怎样？至少他还活着，只要活着什么都有希望。

石榴在听，也在认真思考。世间事，除了生死，哪一桩都是小事。职场不得志又怎样？只要活着就有机会。男友劈腿又怎样？只不过失去了一个不爱你的人。

听完楠秋林的故事，石榴说，没有波澜的人生就不是真正的人生，没有曲折的生活也算不上生活。正如眼前的这片湿地，不正是因为它的弯曲而美丽吗？人生也是这样，如果从头到尾都是一条直线，那还有什么看头？有波澜才精彩，有曲折才耐人寻味。楠秋林笑着说，他也觉得人生美在蜿蜒曲折。

回去时，石榴谢谢了黎昕。虽然没看见极光，却看到了世外桃源般的仙境，她想通了很多事情。

石榴说，千万不要为了心里的风景，错过眼前的美景；不要为了背叛自己的男人，放弃寻找真爱；不同的地方有不同的风景，什么样的风景都有它独特的美。就算不当经理，在其他的位置上也能实现人生价值。如果觉得自己的人生价值就在那个特定位置上，那失败也是一件小事，只要活着就可以继续努力。千万不要因为不满意就去抱怨，不抱怨的人生才越来越美。黎昕听得眉眼弯弯，笑得很欣慰。

夏至那天，石榴一直没睡，就等着看“极昼”。22 点、23 点，天一点儿都没有黑，这可让石榴激动坏了。直到凌晨 1 点左右，天色才稍微昏暗一些。但真的只持续了一个多小时又是朝霞似锦，旭日高悬，黑夜成了“白夜”。

那天我在睡梦中被微信吵醒，是石榴给我发来的照片。万里无云的艳阳天下是石榴一张灿烂的大笑脸，上面还备注了拍摄的时间和地点。

离开的时候，黎昕问石榴，没看见北极光会不会很失望。石榴说，装在心里的是梦，有些无法实现的梦，让生活更有前进的动力。是希望，不是失望。黎昕说，希望石榴冬天的时候再来，冬天还会有不一样的惊喜。石榴说，如果时间允许，她一定来。最后石榴给了黎昕一个大大的拥抱，进了车站。

在石榴离开的第二天，黎昕给她发来了北极光的视频。黎昕说，就在石榴离开的那天晚上，有游客看见了北极光。黎昕说，太可惜了，她要是晚走一天就能看见了。石榴回复黎昕，不遗憾。故事结局时才圆满，太圆满日子就到头了。不完美，才美。

就在那天，石榴发来微信，说她跟公司请了长假，她要从漠河北一直走到江南岸。石榴说，井底的青蛙遇到困难除了四处撞墙，没有任何出路。就算一生安逸，无灾无难，也永远看不到最美的风景。生活无限的惊喜是朝着远方走出来的。我并没有阻止她，愿她在他乡看到最美的风景，遇到最好的爱人，找到人生的真谛。愿她归来后，是笑靥如花。

《图片时光》里有这样一段话："如果你不快乐，那就出去走走，世界这么大。风景很美，机会很多。人生很短，不要蜷缩在一个地方。"

生活，真的不止眼前的苟且，还有诗和远方。当生活遇到不如意，那就背上行囊，远走他乡。离开并不是逃避，而是给灰暗的心找寻光亮。舀一瓢他乡的山水净化心灵，抒一段他乡的故事抚慰心伤。

有人说，一个人的行走范围就是他的世界。做井底之蛙，世界就变成了井口那么大。只有勇敢地走出去，世界才是你的。虽然到哪里都有太阳，但不同的地方散发着不一样的光，让平凡的你闪烁与众不同的光芒。人生，没有白走的路，每一步都有不一样的收获。

最瑰丽的人生在路上，最新鲜的风景是下一个他乡。被窝是青春的坟墓，远方才是人生的殿堂。

再难过，也不要忘记微笑

曾有人这样说过，难过时，哭的人是三流，忍着不哭的人是二流，微笑面对的人才是一流。想做一流的英雄，就要时刻扬着嘴角，再难过，也不要忘记微笑。别矫情地说“臣妾做不到啊”，做不到就是三流的狗熊，就得被磨难折磨死。想当英雄还是狗熊，就看你怎么做。

微笑，不是光咧着嘴傻笑，而是让我们用一颗积极乐观的心去面对困难，坚强勇敢地和磨难作斗争。

两年前，朋友露西的老公遇车祸重伤，成了植物人，所有人都觉得她会扛不下去。可当我们去看她时，她却仍像从前一样笑着和我们聊天。她说，家里的顶梁柱倒了，她不是不难过，可事情已经发生了，难过也无济于事。她不面对，谁能替她照顾儿子和病床上的老公？她不但要面对，还要微笑着面对。她还跟我开玩笑，也许她天天傻笑，就会把灾难吓跑。我说对，再难过也不要忘记微笑，这是对自己的一种鼓舞。

后来，为了支付老公的医药费，她跟领导申请午休时间在校门口卖煎饼果子。晚上接了儿子再去夜市卖几个小时。有一天我去逛夜市，露西正边摊煎饼果子边笑着跟顾客聊天，我由衷地佩服她的坚强和乐观。发生了这么大的事，如果是我，我不敢保证能做到像她这样。

张爱玲说，不要做女强人，要做强女人。其实不是软弱犯法，只是你软弱，困难就会善待你吗？还是上帝会可怜、同情你？也许有人会帮你一时，但谁能帮你一世？生活，多大的困难都得活下去，微笑面对一定比满面愁容好。

那天我边吃煎饼果子边和露西聊天。露西说，女人总苦着一张脸会老得快，再难过，也要让自己时刻保持微笑。微笑不光是生活态度，还是对别人的尊重。绝不能让自己的情绪影响到别人，这是对他人起码的尊重。

有一天下班时外面正在下雨，露西把儿子送回家后，去了夜市。结果晚上回家时路滑，煎饼摊小车翻了，车上所有东西都摔坏了，露西的腰被煤气炉砸伤了，脸也擦破了皮。

那时候还在下雨，大街上几乎没有行人，偶尔有几辆车经过，但也没有任何人过去帮她。露西说，当时她真想坐在那里大哭一场，为什么她的生活会过成这样？可是光哭就有人来帮她吗？还是车子会自己站起来？都不会。那哭就什么用都没有，还得自己想办法把车子推去修理。

第二天，露西是带着伤上班的。同事都问她怎么受伤了，让她赶紧去医务室看看。她却笑着跟同事说：“没事没事，就是昨晚不小心跟地面接了个吻。”晚上，她到修理部取回车子，继续去夜市出摊。

我和露西说，有困难就告诉我，别一个人扛，我们一起想办法。她笑着告诉我，别担心，她会微笑着面对苦难，扛起困难，坚强乐观地生活下去。我在心里真心祝福她，愿微笑可以化解她生活里的一切苦难。

一年后，露西的老公还是去世了。那天是从她老公出事后我第一次看见她哭。她紧紧抱着老公的遗像，痛苦的表情像被人撕裂了心肺一样，呜咽的声音比受伤的狼发出的哀嚎还凄惨悠长，那揪心的场面割碎了所有人的心。

令人惊讶的是，第二天她就去上班了。眼睛肿得像个核桃，但她还像从前一样和同事聊天说笑。她说，不哭不是没感情，她老公是她的初恋，他们非常相爱。她的心像扎了一把尖刀一样，疼得她找不到任何恰当的词来形容。可要是哭就能换回老公的命，她愿意一直哭。但孟姜女也只是哭倒了长城，除此以外没任何改变。她说她不能像孟姜女一样，她要给儿子一个阳光快乐的童年，也要给自己一个坚强乐观的人生。哭不会改变事情的结果，但笑却会给人带来不一样的收益。

我记得有句名言是这样说的，女人出门若忘了化妆，最好的补救方法便是亮出你的微笑。我们班的孩子都管露西叫姐姐，说露西像天使一样美。那天，我无意中发现，学校新来的体育老师在追求露西。

《搜神榜》里有句经典台词："笑口常开，好彩自然来。"你看，微笑不但能美化人的外表，还能让生活的好彩头不期而遇。再难过，也不要忘记微笑。谁敢说不会有人因为你的笑而爱上你。

露西的故事让我想到一个人，美国著名女作家海伦·凯勒。

海伦·凯勒19个月大时因病失去了视力和听力。但她并没有向命运屈服，仍在无声无光的世界里笑着面对生活。海伦带给整个世界的礼物就是不断地告诫我们，周围的世界是多么奇妙，有那么多人在教我们认识它；没有哪个人是不值得帮助或无法帮助的，一个人对我们的最大益处就在于帮助他人发挥其真正的潜能。

海伦·凯勒说："乐观，是达到成功之路的信心。不怀希望，不论什么事情都做不出来。"我说，微笑就是乐观的象征，希望的法宝。再难过，也不要忘记微笑。它可以让绝望的人重振希望，积极勇敢地面对困难，给绝望的生活一线生机，甚至发生惊人的奇迹。

微笑，在成功的道路上的重要性绝不次于天资、努力和坚持。

微笑是自信的另一个名字，是万事成功的基础。想成功，想打败困难，千万别拿微笑不当回事，否则它让你吃大亏。

我身边就有这样一个朋友，在这里就叫他小江吧！前段时间，小江的女友跟他提出了分手，小江失恋了。之后，小江便整日郁郁寡欢，无精打采，整个人跟丢了魂一样。就连上班他也哭丧着脸，工作极度不专心。结果因为填错了一份很重要的报表，丢了工作。那以后，小江更颓废了，整日借酒浇愁，逢人就说他活不下去了。开始时，还有人关心他几句，替他找工作。可他自己都不振作，时间久了，大家也懒得再管他了。

一日，他又看中一个姑娘，可当他去跟姑娘表白时，却被姑娘拒绝了。姑娘说，他连个工作都没有，经济不牢靠，破罐子破摔，而她只能接受乐观上进的人。这时他才真正明白，克服困难，微笑着面对生活，才能赢得姑娘的喜欢。

从那以后，他重新振作起来，努力工作，认真对待生活。休息时就去健身房健身，还学了料理和甜品。他说，想留住女孩的心就得让自己更优秀。想要更优秀，再难过，也要积极乐观地面对生活。现在，他边工作，边和朋友经营一家甜品美食店。我相信，小江的努力一定会让他的爱情绽放得更甜、更美。

人们常说，生活就是一面镜子，你对它愁眉不展，它也会对你垂头丧气；你若对它微微一笑，它便会为你开出大大的向日葵。困难面前，微笑面对一定比哭着逃避更快、更好地解决问题。“回眸一笑百媚生”，自古才子就爱佳人的笑。生活也一样，喜欢人们如花的笑靥。只有微笑，才配得上更好的生活。

再难过，也不要忘记微笑。微笑是美好和希望的法宝，是自信和勇气的象征。在磨难将要毁灭你时，给你继续奋战的力量。磨难最怕的就是嘴角流血也在努力上扬的人，那不屑的模样仿佛在和磨难说，有什么了不起，再来呀，我不怕你。

曾有人这样说过，难过时，哭的人是三流，忍着不哭的人是二流，微笑面对的人才是一流。想做一流的英雄，就要时刻扬着嘴角，再难过，也不要忘记微笑。别矫情地说“臣妾做不到啊”，做不到就是三流的狗熊，就得被磨难折磨死。想当英雄还是狗熊，就看你自己怎么做。

有多少好运气，都输给坏脾气

常常有人说："脾气发出去是本性，能收回来是本事。"这话看起来似乎有点道理，可你跟你上司发脾气试试，看你有多大本事收回来？年轻人，看好你的本性，别让它毁了你的前程。

有多少好运气，都输给坏脾气。

智者，控制情绪。愚人，被情绪控制。生活的高手，从不让情绪控制自己。很多时候，你一败涂地的原因不是没努力，而是你没控制好情绪。掌控情绪，才能掌控人生。

霍岩是我的男闺密，平日工作非常努力。加之他善于逆向思考问题，还具有一定的商业头脑，一进公司就备受老板青睐。没多久，他就从小职员直接晋升项目经理。

同事都说他运气好，但他却特别困惑，都已晋升经理，为什么还签不下客户，谈不成项目？半年多，他的业绩惨不忍睹。老板找他谈话，业绩上不去，只好让有才能的人接替他。

他郁闷地来找我，说他每天工作兢兢业业，每个项目都策划得非常完美，可总是在最后一步失败，导致前功尽弃。我问他，最后的环节是什么？他说项目基本谈妥，最后就是协议签合同。可接下来他却跟我说，有时客户要求有些无理，他便直接撕碎合同，扬到客户脸上，和客户说拜拜。说这话的时候，他还向我扬起手腕，动作特别潇洒，脸上满是得意。

有时合作方说双方有分歧的地方可以慢慢协商，他却拍着桌子，一步也不退让。在合作伙伴眼里，他此时俨然天下唯他独尊。

结果合作方转身离开，扬言再不与他们公司合作。

还有一次，老板出差，直接派他去跟公司大客户谈一个很重要的项目。如果能够把这个项目签下来，年终公司奖励他一套房子。同事羡慕不已，说好运气总在他一个人身上降临。

他也想着运气这么好，千万不能辜负自己。结果那天客户说话粗鲁，言语之间有轻视他的意思。他直接将一杯滚烫的咖啡泼到客户身上，指着客户鼻子飙脏话。最后，这个项目自然又没谈成。

听完这些，我终于知道他为什么谈不成项目了。

我说："你谈不成项目的罪魁祸首，就是你的脾气。"

"啊？"他一脸地不可思议。

我说："忍一时风平浪静，退一步海阔天空。成事不光靠天赋和努力，还需要一副好脾气。不然，多少好运气，都得输给你的坏脾气。别说你很努力，谁都在拼命。别说你天资聪颖，头脑精明。脾气不行，你就根本没有展示实力的机会。你没听说过吗，连脾气都掌控不了的人，何以掌控人生？所以，你要记住一句话：发脾气是本能，控制脾气是本事。”

霍岩说是他们提的要求太过分，所以他没法忍。并且，他认为忍是无能，退是认怂，控制脾气更是怯懦者才做的事情。哪个王者没点暴脾气？还说，要不是他劝着自己，他和这个世界都已翻脸。

他梗着脖子，一脸地不服气。

“忍是无能？谁告诉你的？还和世界翻脸？你以为你是谁？”

他把手里的水杯用力地放在茶几上，像个发怒的狮子一样站起来说：“谁犯我我就跟谁磕，世界能奈我何？”

我仍坐在沙发上，慢条斯理地说：“一句话就被激怒，注定是情绪的奴隶。还想统领天下，借你天兵天将你都不行。”

他攥着拳头，愤怒地看着我，足足两分钟，最后转身离开。

我并没有追出去，既然有些话他听不进去，我多说也无益。这种人，只能日后吃亏才知道后悔。

对很多人来说，控制不了脾气，终究无法成大器。因为在用脾气证明你牛气时，你已经被人看不起。层次越高的人，为人越谦和。越没本事的人，才越蛮横无理。你强势，不代表你就是强者。

笑着低头的人，才是真正的王。

马云说："一个真正聪明的人，是懂得如何让自己委曲求全的人。刚者易折，柔则长存。伴随着年龄的增长，我们应该学会完善自己的个性，控制自己的情绪。"

常常有人说："脾气发出去是本性，能收回来是本事。"这话看起来似乎有点道理，可你跟你上司发脾气试试，看你有多大本事收回来？年轻人，看好你的本性，别让它毁了你的前程。

有多少好运气，都输给坏脾气。

智者，控制情绪。愚人，被情绪控制。生活的高手，从不让情绪控制自己。很多时候，你一败涂地的原因不是没努力，而是你没控制好情绪。掌控情绪，才能掌控人生。

拯救你的只能是你自己

每个人都有不堪的过去，但我们每天都在和过去告别。过去的，一定会过去，谁也不能背着过去过一辈子。过去再不堪，只要努力去改变，一样会拥有花一样绚烂的明天。

曾经在一本书上看见这样一个故事，一对双胞胎作者在珠江畔某书店签售新书，里里外外几百人排队，把附近街道堵了个水泄不通。

可谁能想到，这对双胞胎兄弟曾经因为学习成绩太差，差点儿被老师劝退。不仅如此，这哥俩还是出了名的小胖墩，成了学校女生嘲笑的对象。因为身材肥胖和垫底的学习成绩，老师和同学都把这对难兄难弟当作头脑简单、四肢发达的后进生，他们三天两头受到同学的欺负。

终于有一天，他们自发地想要改变命运，他们郑重地坐在一起，开始思考自己以后的人生。

当时受到的奚落和蔑视已经让他们刚刚开始的人生阴云密布，是继续得过且过还是奋起改变？兄弟俩意见统一，一拍即合。于是开始了艰难而漫长的减肥和学习计划。从一开始跑不完操场的一圈，到后来大汗淋漓地跑完几千米；从一开始听不懂老师讲课，到后来上网、泡图书馆；从一开始的全班倒数，到后来哥哥以 674 分的成绩考入北大社会学系，弟弟以数学满分，总成绩 683 分考入北大国际关系学院。两个人咬紧牙关，互相鼓励，完成了人生路上最大的逆袭。

不仅如此，他们培养起的坚持和韧性，让他们又开启了文学创作之路，写自己的亲身经历，写如何改变命运，成就自我。他们创作的书销量节节攀升，竟然突破了十万册，荣登作家富豪排行榜。然后还拿着学校的奖学金，当学生会干部，修了经济学的双学位。

兄弟俩说："虽然我们都不是天生幸运的那一类人，但我们可以靠努力改变命运。"

每个人都有不堪的过去，只要你还愿意努力去改变，世界就有无限惊喜等着你。再不堪的过去，都会变成灿烂的艳阳天。

也许你现在正处在各种艰难的境遇里，别在意，甩掉包袱，勇敢地朝前走就可以。只要你不停下脚步，前方等着你的，一定是你意想不到的美好。学渣变学霸，屌丝逆袭英雄，你也可以。

看完这个故事，我想到了一个人。相声演员，岳云鹏。

2015 年，岳云鹏以相声《我忍不了》在央视春晚一夜走红。但却很少有人知道，岳云鹏出身贫寒，为了出人头地，他尝尽人生冷暖和酸苦。

14 岁时，岳云鹏就辍学和姐姐到北京一家纺织厂打杂，但因为没有身份证，三个月就被老板辞退了。被辞退后不久他被朋友介绍去一家电机厂做保安。但岳云鹏并不甘心做一辈子保安，他想学点手艺，以后有本事做自己的事业。于是经朋友介绍，到一家美食城打工。为了能跟大厨学手艺，整天累得腰酸背痛。最后手艺没学到，还被老板无情开除。朋友看他可怜，又给他介绍了一份在酒楼清洁厕所的工作。但有次老板喝醉酒在男厕所吐了，当时岳云鹏正在收拾女厕所，因为他没在第一时间收拾男厕所，又被老板辞退了。

后来，他做了炸酱面店的服务员，但有天他把 5 号桌点的两瓶啤酒给了 3 号桌，就因为多了 6 元钱的啤酒，3 号桌的一个男子不仅不买单，还用各种话侮辱他。足足 3 个小时，没有一个客人替他说句话，哪怕劝阻一下那个男人，都没有。最后客人走了，岳云鹏自己掏了 352 元的饭钱，随即被开除了。

几经辗转，别人介绍他认识了他的恩师郭德纲，让他跟着郭德纲学相声。起初，因为对相声一窍不通，他只在剧场干杂活。

每天在剧场打杂之余，专心看别人的表演，学习说学逗唱的基本功夫。半年后，他开始正式学艺，由于文化底子差，他比别人学得更加艰辛。

经过一年多的苦练，岳云鹏总算能像模像样说几段相声了。但由于经验不足，首次登台就被观众轰下台。从那以后，他就比以前更加努力。白天练习相声，晚上熬夜创作相声作品。在经过无数次的失败之后，他终于听见了观众的掌声和笑声。

小岳岳的故事告诉我们这样一个道理，活着需要努力，想要活得和从前不一样，甚至活得出众，就要拼了命努力。过去再不堪，只要我们愿意改变，就一定能成为别人羡慕的奇迹。成功与否取决于我们自己，改变与否依然取决于我们自己。

电影《翻滚吧阿信》里有这样一句台词："如果你一生只有一次翻身的机会，就要用尽全力！"

名人尚且都有不堪的过去，我们普通人更不例外。

果果是我的发小，她从小就喜欢跳舞，梦想成为杨丽萍那样的舞蹈家。19岁时她顺利，考上北京舞蹈学院，正当所有人都觉得果果前途大好时，一场突如其来的车祸碾碎了她和梦想。

果果腰部以下伤得特别严重，大夫说，恢复得好可以像正常人一样生活，恢复不好就会落下终生残疾。至于舞蹈，从今以后与她无缘了。

起初果果根本接受不了不能再跳舞的事实，她觉得家人在骗她。但当她起身走路都很困难时，她终于相信了。她绝望地哭了一整天，说她没有活下去的意义了。

我告诉果果，如果她一直这样颓废下去，她的人生也就这样了。如果振作起来改变自己，未来就还会有山花烂漫的春天，人生也会有无限的美好在等着她。生命里不只有舞蹈，还有许多她不知道的能力。挖掘出来，她的人生也许比从前还要精彩。

听完我的话，果果慢慢开始改变自己。她说，既然不能做回从前的自己，那就努力做个全新的自己。

果果曾经很喜欢绘画，后来因为舞蹈耽搁了。现在，她把精力重新投进了绘画中。她已经 21 岁了，才开始正式学习绘画，难度可想而知。但是她一刻都不松懈，白天在画室练习，晚上回家一分钟都舍不得休息，继续练习。她说，她想最后通过成人高考考取美术学院。

第一年，她考试失败了，距离分数线差了好大一截。她说没关系，明年继续考。在大家期盼的目光中，她又夜以继日地努力学习，可最后还是差了 4 分。磨难已经让她变得非常乐观、坚强了。她笑着说，“只要我不放弃生活，生活就一定不会放弃我。”果果的努力，终于在第三年获得了应有的回报。她竟然出人意料地被中央美术学院录取了。现在的果果，每天在国外授课、办画展，忙得不亦乐乎。

现在每次跟我通电话时，她都直呼我大恩人，说当初若不是我的那番话，她都不知道自己的人生会是什么样？我告诉果果，无需谢我，改变她命运的人，只有她自己。

每个人都有自己不堪的过去，但我们每天都在和过去告别。过去的，一定会过去，谁也不能背着过去过一辈子。过去再不堪，只要努力去改变，一样会拥有花一样绚烂的明天。

有时候，生活给予我们的并不是真正的磨难，而是一次考验。撕碎困住自己的那张网，勇敢地跳出来，努力寻找新的生活。你一定会发现，未来有个不一样的自己在等着你。

当然，受人嘲讽、狼狈不堪、萎靡不振，如果你愿意和这样的自己生活，那我没话说。如果不愿意，就赶紧爬起来努力改变自己。努力的意义就是为了告别昨天的不堪，重塑新的自己。只要你向往美好，不放弃生活，生活就不会放弃你。

亲爱的，如果你正处在艰难的困境里，请一定，一定要撕开那张网。跳出来，你就是那只浴火重生的凤凰。有时，拯救你的只能是你自己。趁自己还没变成废人，赶紧把自己拯救出来，精彩的明天在阑珊的灯火处笑靥如花地等你呢！

翻脸不如翻身，生气不如争气

被人侮辱，翻脸不如翻身，生气不如争气。翻脸通常都是自身无能，生气往往都是实力不行。何不拼命努力，凭你的能力让他无能为力，用你的成绩让他不寒而栗。生气会被对方制服，争气才能战胜对方。

表妹在一家奢侈品店做导购。那天她哭着来找我，说自己被老板当众侮辱。老板说她上班时间和顾客闲聊，难怪只有卖货的资格，没有买货的资格。

我递给她一杯水，叫她消消气。她说她都快气爆炸，哪还喝得下去水。她问我如何做才能完美的找回场子？要不要撸起袖子痛快地跟老板干一架？

我说：“翻脸不如翻身，生气不如争气。”毕竟，粗鲁的行为不但不能替她争回面子，还会降低别人对她的评价，影响她的个人形象。

“啊？”表妹没懂我的话，于是我给她讲了庄静的故事。

庄静是我的大学室友，说话柔声细语，总给人一种如沐春风的舒服感。平时话不多，更不爱巴结领导。

她的第一份工作是在一个医疗器械公司做销售。由于没工作经验，业绩一直不怎么好。有次她的销售额在整个销售部垫底，部门主任直接把业绩报表摔在她身上，告诉她业绩再上不去下个月就滚蛋，公司不养狗都不如的废物！庄静捡起报表重新放在桌子上，然后转身默默退出了主任办公室。

她哭着找我倾诉。我说：“庄静，那谢顶的老男人这么做是在侮辱你的人格，你为什么不把报表捡起来再摔回去？”说着我还撸起自己的衣袖示范给她看。我的动作把庄静逗笑了。看她心情好转一些后，我跟她说了这样一段话：

“越不行的人越爱翻脸，越无能的人越容易生气。因为别人戳中了他的弱点。所以，千万要管好自己的情绪，翻脸丢掉素质，生气丧失斗志。这种对自己不利的事千万不能做。翻脸不如翻身，生气不如争气。丢掉的尊严得用努力和智慧找回来。”

那以后，庄静像变了一个人似的。她每天到公司打完卡就出去拉客户，推销产品。为了更好地了解产品，她竟然利用周末去学习医疗器械知识。新上市的产品，大医院不买账她就先从康复中心开始推销。甚至自己花钱买下让患者试用，还亲自帮助患者做康复。当患者试用一段时间后，效果很好，就买下了产品。

接下来就是医院这个大客户，为见院长，庄静一守就是一天。中午吃早上带去的包子、馅饼，时常饿到很晚才吃饭。

为能打一个翻身仗，庄静开始用命拼业绩。她在大雨里骑着电瓶车追院长的车，总算追到家门口，可还没来得及上前说话就被锁在门外。最后她竟然在雨中，等了整整一晚上。

我说庄静："你不要命了？"庄静回我："没有尊严的命会一直被人踩在脚下。脸贴在地上，冻得生疮流脓也没人心疼。只有豁出命去拼，才有实力赢回尊严。总之，我要是想翻身，想争气，再难，也得咬牙继续。岁月静好的背后都是负重前行，受人尊敬的前提都是鲜血淋漓。"她还说，没有任何人能打败我们，失败的人都是自己主动投降。没人盼着你输，是你自己不想赢。

写到这里，我想到作家黑白格的时间说过的特别经典的一句话："对自己狠一点，离成功近一点。"庄静的行为完美诠释了这句话。

第二天一早，庄静总算见到了院长。湿哒哒的衣服还贴在她身上，像一只落汤鸡。她揪着还在滴水的衣角，几次忍住想去抓湿头发的手。见庄静如此狼狈，院长让她换身衣服去单位找他。庄静像只遇难后获救的小野兽，高兴得差点跳起来。

院长说，不是庄静推销的产品不好，而是售后服务太差。庄静跟院长再三保证，绝不会再出现此类问题。

用了整整两个月时间，她总算签下了这个大客户。

庄静把售后问题汇报给主任。主任说，不归她管的少管，别觉得签个客户自己就多了不起。可她跟客户保证过，不会再出现售后问题。

刚好她学过医疗器械维修，于是她开始负责自己客户的售后问题。哪怕是半夜医院来电话，她都随叫随到。一有空，她还跟公司的售后维修师傅请教。

通过自己的努力，庄静连续一年销售业绩位居公司第一。后来为公司签个外国大客户，直接晋升为销售总监。每次销售部主任找她签字都抓着头顶那几根可怜的头发，一副尴尬又畏惧的表情。

听完我的故事，表妹也反省了她的不足，从控制坏脾气开始，准备彻底掌控好自己的情绪，在跌倒的地方重新爬起来。表妹学的是皮具艺术设计，选择做导购，就是想接触更多的消费者。有时还会问上几句，希望什么款式的皮包上市？表妹会根据顾客的意见，再加入自己的元素创作图纸。

尽管投出去的设计稿都会被人说成是低级庸俗的产品，不懂时尚的垃圾，但她从未放弃。她说，要翻身就要继续努力，想争气就不能放弃。像网上说的那样：“努力到无能为力，坚持到感动自己。”

当你竭尽全力，上帝都会帮你出分力。没过多久，某知名品牌皮具制作商就看中表妹的设计才华，经过专业考核，表妹被聘为该品牌的皮具设计师。

辞职那天，老板一边不情愿地给她结算工资一边说，这么简单的工作都做不了，以后还能干点什么？若是从前，表妹一定会甩他一句“老娘去给你设计品牌皮包”，但这次她只是笑笑，没多说一句话。

后来，表妹和某知名设计师一起光顾以前工作那家店。那个设计师拿起一款包看着表妹说：“你的实力让我佩服，这款包才上市不久销量就遥遥领先。”表妹谦和地笑了，说还有许多不足要向前辈学习。店老板怔怔地看着表妹，半天没说出一句话来。

表妹跟我说，当时她那感觉，倍儿爽！

被人侮辱，就得这样给自己解气，没毛病！

一定也有人向你哭诉过她被人侮辱了，或者是你自己，也有过这样的经历。被人侮辱后，你暴怒地撸起衣袖，却在看见自己的小瘦胳膊时又可怜地缩回去，和自己生闷气。

亲爱的，以后无论受到多大的侮辱你都无需翻脸，也不用生气。被人侮辱，翻脸不如翻身，生气不如争气。翻脸通常都是自身无能，生气往往都是实力不行。何不拼命努力，凭你的能力让他无能为力，用你的成绩让他不寒而栗。生气会被对方制服，争气才能战胜对方。

青春就是用力地奔跑

你看不见生活的美好，不是上帝在你眼前遮住了帘忘了掀开，只是你没努力朝前奔跑。青春就是用力地奔跑，华丽地跌倒。跌倒了别摆造型，爬起来继续跑。如果不能奔跑，努力行走也行。只有不断前行，才能遇见生活的美好。

表妹是做营销工作的，毕业刚刚两年，工作却换了近十个。表妹常常跟我抱怨老板苛刻，经常加班到半夜，工资还发得少。前段时间，表妹又嚷嚷着要辞职，说工作太累，老板还不公平。别人都升职加薪，还有带薪休假；她像头驴一样天天加班，老板却看不见；抱怨世界太灰暗，不辞职生活“没”好。

表妹这人我了解，平日里总是想得太好，做得太少。结果和期待值差太多时，就给公司老板同事都戴上腐败的帽子，她扮无辜，不与他们同流合污。实则就是做不好，不负责任地撂挑子就跑。她说她加班没错，但每天晚上她都准时追剧。而且只要我打开手机，不管几点都能看见她狂刷微博。我说表妹：“你都没努力朝前奔跑，凭什么说生活不美好？”

表妹听得一头雾水，为了让她更明白我的话，我给她讲了同学郑淑颖的故事。

郑淑颖是我的初中同学，她在学校里一直成绩优异，门门功课第一。但她的家庭很特殊，母亲患有精神分裂症，父亲有小儿麻痹症，左小腿微有残疾。初三下学期，突然传来了她辍学的消息。

我和几个同学去她家了解情况，才知道他父亲在修理部干活时摔坏了腿。她不仅要在家照顾父亲，还要替父亲经营摩托车修理部。她一个妙龄女孩，每天却穿着脏兮兮、油腻腻的工装去装卸摩托车配件。尽管收入还是很微薄，但我每次去看她，她都是边麻利地干活，边笑着和顾客聊天。

我很佩服她的坚强和乐观。她说：“抱怨生活，不如改善生活。况且生活不是不美好，只要努力朝前跑，最美好的一定在前面等着你。”

在她的努力下，她的修理技术一天天变好。加之她又是个女孩子，善良的顾客都愿意照顾她的生意。不久后，她改装了修理部，开始收购废旧摩托，重新组装修理，兼卖二手摩托，生意越做越好。

可是有天夜里，修理部突然失火。屋里有汽油电瓶等易燃物和爆炸物，等她跑到修理部时，好好的房子烧得就剩架子了。还好修理部附近没人居住，否则后果更严重。正走上坡路的修理部一夜之间就变成了一堆瓦砾。我怕她承受不了如此大的打击，还特意从外地赶回来看她。

我去时，她正在和几个顾客商量赔款的事情，店里有几辆还没修好的摩托也被烧了。等其他人走后，她突然抱着我，号啕大哭，像个无助的孩子。我紧紧搂着她颤抖的肩膀，想安慰她，却又讲不出一句话。其实那年她才 20 岁，和同龄人相比，她真的已经很优秀了。

直到她哭累了，在我怀里睡着了。她的眼睛肿得像个桃子，面色苍白憔悴。她的母亲坐在床上不停揪扯着不剩一分钱的红布包，父亲则蹲在地上叼着旱烟。她好不容易撑起来的家又要垮了。我心疼地看着她，她的眼角还挂着泪，眉心紧蹙，睡梦中她都那么累。

处理完修理部的事，她一天都没休息，直接去一家摩托车旗舰店当售后修理师。她说：“人可以哭泣，但绝不能停止奔跑。只要朝前跑，总有一天能走出黑暗，看见生活的美好。”其实她本身就是一颗夜明珠，在幽深的山谷里散发着夺目耀眼的光。照亮她脚下的路，让她更快地朝前行。

一年后，店里的老板要去南方发展，她觉得是个机会，便东拼西凑借够了钱，把店兑了下来。接手新店后，为了赢利，她想了很多办法。如免费赠送她亲手做的摩托车把套，别人家摩托保修一年，她家保修三年。慢慢地，她的生意总算好转了一些。生活在她不断地努力下又有了起色。

可不知为何，生活总是将磨难降临到同一个家庭。她的父亲突然查出肾小球肾炎，家里生活又陷入了困境。亲戚朋友帮着凑了一些钱，但还是差很大一部分。我以为她会受到很大的打击，但她却说："生活对每个人都是如此，软弱给谁看？怨天尤人，不如想办法改变。"最后她瞒着父亲，把车店转让了出去。一边在医院照顾父亲，一边找工作。

她说，越跌倒，就越要爬起来前行。这是生活对她的考验，后面肯定有意想不到的精彩等着她。父亲的病情刚好转，她就到朋友的洗车行上班了。她说，她要马不停蹄地朝前跑，这样才能早一点遇见美好。

在洗车行，她认识了一群赛车手。在朋友的鼓励下，她也加入了训练。朋友根据她的情况帮她弄了辆二手赛车，晚上下班她就到郊区练习。经过专业训练，她的成绩越来越好。后来，她被某知名车队看中，加入他们的特技赛车战队，并经常和一些世界知名赛车手一同比赛，她的成绩越来越优秀。

不久后，郑淑颖在中国越野拉力赛中脱颖而出，夺得了比赛冠军。

生活不只是眼前的苟且，还有无限可能的精彩和不期而遇的美好。只要一直朝前跑，跑过悲伤的尽头，一定会遇见美好。

自从表妹听了郑淑颖的故事，便开始改变自己。认真对待工作，不懂的地方虚心请教别人。经过一段时间的努力，她的业绩明显提升了不少。她兴奋地跟我说，老板给她加了薪，还说只要她继续努力，年底还有一份大红包。这可乐坏了表妹，工作更加拼命努力。她说感谢我点醒她，让她知道，生活不是不美好，只要不停地朝前跑。

其实，每个人的生活都会遇到不同程度的困难，但并不代表生活不美好。只要你不把困难当困难，把它踩在脚底下勇敢地朝前跑，就不难遇见美好。其实你眼中别人美好的生活，都是从困难中历练出来的。都是踩着荆棘，蹚着泥泞，忍着所有屈辱一步一个脚印，脚踏实地走过来的。想拥有令所有人都羡慕的美好生活，就要靠你不断努力，不停奔跑。而不是等待，更不是抱怨。

亲爱的，你是不是也看不见生活的美好？与其花时间抱怨，不如抓紧时间奔跑。“青春就是用力地奔跑，然后华丽地跌倒。”跌倒了别摆造型，爬起来继续跑。如果不能跑，就行走；如果不能站着行走，就用膝盖跪着走；实在不行，就爬。想要遇见美好，就得一直前行。

从现在开始去抵达

人活着就该有这样的魄力，目标再遥远，梦想再难实现，只要我们从现在开始去抵达，谁敢说我们登不上理想的天。就算中途遇见霹雳闪电，也会牢牢记住，驾驭飞翔的翅膀是靠不断奋斗，不停向前。只有这样，才能让最好的自己，抵达最美的明天。

我有个堂弟，他是我二婶的儿子。大学毕业后他想自己创业，但又觉得刚毕业，自己的实力距理想的目标实在太遥远，于是跑来问我，到底该怎么办？

我说："不管你离目标有多远，实现梦想有多难，只要你扬起帆，从现在开始去抵达，再遥远的目标也会有触手可及的那天。"

听完我的话，堂弟准备扬帆起航。经过一段时间的市场调研，最后决定加盟云南过桥米线。

堂弟从小娇生惯养，连家务活都没干过。从开业那天起，他就坐在“办公室”里当起了甩手掌柜。每天除了知道进出多少钱，其他的一律不闻不问。朋友劝他这样不行，想干大事必须得脚踏实地，撸起袖子自己干。他却理直气壮地回了句，他是老板。听他这样说，朋友气得转身就走，扬言再也不管他了。

堂弟的店面不是很大，却样样活都要雇人，加上管理上不去，最后只见投钱不见进钱，不到一年就被迫停业了。堂弟颓丧地来找我，问我别人的生意做得很好，为什么他不行？

我告诉堂弟，虽然他扬起了远航的帆，但他忘记了一件重要的事——驾驭远航的帆是奋斗。只有不停地奋斗，才能让自己抵达最美的明天。听完我的话，堂弟茅塞顿开。

没过多久，他接手了朋友的烟花爆竹批发店。自己当老板，也自己当员工。每天天都还没亮，他就开着货车出去进货，自己装卸，最后还要给零售商送货。一个月下来，脚底就磨出了许多大大小小的水泡。水泡破了，出血化脓，他也不肯歇息还，一瘸一拐地搬卸货。家里人都劝他雇个员工，他说小店刚起步效益不好，再雇人就没赚头了。

堂弟白天进送货，晚上整理货物，常常忙得连饭都吃不上。短短半年，体重由一百五十迅速下降到一百二十。由于经常不按时吃饭，许多年都没犯过的胃病又找上了门。胃里像有把烧红的刀子来回翻搅着一样，疼得他冒虚汗，还不停地呕吐。尽管这样，他还是忍着把货卸完，直到半夜忙完了才去医院挂吊瓶。

春节前两个月，是一年中最忙的时候。一天，堂弟忙了一整天没倒出工夫吃东西，最后竟因低血糖晕倒了，这可吓坏了二婶。她告诉堂弟，要么雇个人帮忙，要么就把店兑出去不许干了。她就这么一个儿子，可不想他有什么闪失。

堂弟说："人生就是用来奋斗的，怕吃苦的人吃苦一辈子，肯吃苦的人，只会吃苦一阵子。"二婶说她没文化，听不懂堂弟的大道理，反正不雇人就不许他干了。刚好正赶上春节，白天堂弟出去送货确实缺个看店的，于是就雇了个女孩子，让她把接到的订单都记好，偶尔帮忙清点缺什么货。尽管店里有了帮手，但堂弟比以前更忙了。

新店员小静每天在店里帮他接十多份订单，他的进货量增大，搬卸货也就更累了。有一次他跟我说，赶上忙的时候连缓口气的工夫都没有。累得呼呼喘，腿打颤，像大风中的纸片随时都会被风吹跑。晚上回家后，他像一滩泥一样倒在床上再也不想起来，脊柱像折了一样，只要大口喘气就扯着后心疼。

但他告诉自己，"不经一番寒彻骨，哪得梅花扑鼻香？"他把这句话当成每天早起的"闹钟"，卯足了劲，奋力前行。

经过两年的努力，堂弟垄断了附近所有的爆竹批发商店，打造了属于自己的爆竹批发市场。事业做大了，人也就更忙了。而他和小静的关系也有了突飞猛进的发展。

那天，堂弟从烟花厂进货回来，突然下起了雨。走到半路，一个顾客打来电话说着急要货，为了不耽误客户的生意，堂弟稍稍提了提车速。但他没想到，前面发生连环车祸。等他想刹车时已经来不及了。堂弟也追尾了前面的卡车，当场昏迷。

我赶到医院时，堂弟已经被推进手术室。小静哭着告诉我，堂弟的腿保不住了。我忙把小静揽在怀里，她刚刚怀孕，如果有什么闪失，岂不是添乱。

当堂弟得知自己左小腿被截肢以后，差点疯了，近一个月的时间几乎每天都要靠安定剂睡觉。后来累了就绝食，不见任何人，包括小静和我。我每天下班都去看他，但他却很少说话。他蜷缩在床上，像一只受伤的老虎，失去了往日的威猛。红肿的眼里满是悲伤和绝望。见他如此，我的心也疼得无以复加。

唯一能让堂弟心情好转一点的是儿子的出生。他跟我说，他当爸爸了，他自己都不敢相信。他要给儿子最好的生活条件，但他却不知道，自己现在还能做些什么？

我问他，还记不记得当初他要创业时我跟他说过的话。他说：

“你告诉我，不管目标有多远，梦想有多奢华，只要从现在开始去抵达，再远的目标也会有触手可及的那天。”我用力地朝他点头，对，只要我们从现在开始去抵达。

我告诉他：“凤凰浴火才能重生，人要历经磨难才能看见繁华。”听完我的话，堂弟像重生了一样，浑身充满了力量。

装完假肢，堂弟又开始研究新的创业项目，最后还是儿子给了他灵感。自己有了宝宝，国家又开放二胎。于是，他又和小静开了家母婴用品专卖店。现在，堂弟已经开了好几家分店了。

你看，只要从现在开始去抵达，即使目标再遥远，总有一天会到达。

这世上，所有的梦想你不去追求它，它绝不会向你投怀送抱。你若一直在它的彼岸遥遥相望，你们之间的距离一生都不会缩短。甚至随着时间的改变，它会离你越来越远。

还在梦想的彼岸遥遥相望的人，不管你的目标有多远，脚下的路有多难，只要从现在开始去抵达，前行的脚步一定会离目标越来越近，付出的努力一定会让脚下的路越来越平坦。“从现在开始去抵达。”千万别自欺欺人喊个口号就算完事。只有全力以赴去实施，才能成就梦想。

黑白格的时间在《努力必须张扬，人生才有锋芒》里说过这样一句话：“天再高又怎样，踮起脚尖就能够到阳光。”人活着就该有这样的魄力，目标再遥远，梦想再难实现，只要我们从现在开始去抵达，谁敢说我们登不上理想的天。就算中途遇见霹雷闪电，也要牢牢记住，驾驭飞翔的翅膀是靠不断奋斗，不停向前。只有这样，才能让最好的自己，抵达最美的明天。

不用想太多，想做就去做

Part C

行动和努力 让梦想飞上蓝天

你的梦想是不是还停留在开始的阶段？有人说，是偏心的上帝遗忘了他的梦想。其实，你的梦想是被你自己遗忘了。

姜晓菲的梦想是成为韩国料理厨师，开一家自己的料理餐厅。她的梦想我已经听了三年了，别说料理餐厅，她连韩国料理的厨房都没进去过。每次出去吃饭，朋友都说："菲呀，你是不是让101粘上不能动了，料理餐厅都料理多少年了，还能不能行了？"大概是被朋友的话刺激到了，于是姜晓菲下决心开始学习韩国料理。

起初，她在网上查阅了大量资料，买了大堆食材开始自己练习。每天都叫一堆朋友去品尝，朋友说，是韩国料理没错，但正不正宗不知道。我说，与其在家闭门造车，不如出去找个正规的地方学习。于是，她在一家正宗的韩国料理培训学校报了名。

为了更好的发展，她又在夜校报了韩语班，因为老师说她的造型菜太老套，她还特意进修了食品美学。培训结束后，她又千里迢迢跑去吉林延边找了一家正宗的韩国料理餐厅实习。

这家料理店的主厨是个韩国大叔，对姜晓菲要求很严。姜晓菲的动作慢了会被骂，配料放多了也会挨骂。起初，类似这样的训斥每天都像星星一样数不清。她发来视频跟我说要放弃，实在受够了主厨每天的咆哮。

我说：“梦想的脚步已经迈出去了，你现在收回来岂不是在承认自己不行？”听我这样说完，她又默默转身回去练习调味了。

最后在她不肯认输的努力下，总算得到了主厨的认可，成了一句正式厨师。转正后，她有了更多的机会跟着主厨学习。

我和几个朋友去看她，刚好赶上她的主厨争霸赛。最终姜晓菲以优异的成绩顺利当上了分店主厨。

姜晓菲说，多亏我当时跟她说的那句话，不然她也不会走到今天。我告诉她，只要付出行动，梦想就会有起色。人，越走越远，越爬越高。梦想，付出越多，收获越大。

三年后，姜晓菲辞职回来筹办自己的料理餐厅。她单纯地以为学会料理就能开餐厅了。可开业才两个月，她只顾着在后厨忙，前台却一团乱。最后不得已关了店，她又开始学习酒店管理。在这期间，她仍旧不间断地研究料理知识，不间断地参加比赛来提升自己的水平。又过去两年，她的料理餐厅重新开业。现在，餐厅的生意特别好。

生活中，一定有许多像最初的姜晓菲一样的人，整天嚷嚷着自己想做这干那。其实做什么都不重要，重要的是去做呀！梦想绝不是喊几声口号就能实现的，只有付出行动，才会得到你想要的结果。

梦想更不会丢弃任何一个想要抓住它的人，除非你从未努力去抓过它。就像后来的姜晓菲，付出了行动，梦想就为她开出了美丽的花。倘若你付出了行动仍旧没成功，那也只是时间问题。你只要继续努力，就够了。总有一天，你的行动会为你带来梦想的结果。

写到这儿，我突然想起了几天前在报纸上看到的故事。

一个父亲和他跛脚的儿子站在一幅金字塔画前，儿子被画上金字塔的雄伟所震撼，他问父亲，那是哪里？父亲说，别问了，是你永远不能到达的地方。

二十年后，已经年老的父亲收到一张照片，背景是雄伟的金字塔，拄着拐杖的儿子站在塔前，笑容灿烂。

案例中的那位儿子用他的行动告诉了父亲一个道理：行动的人改变了世界。想到就去做，别让梦想停滞不前。

蓝菲林是我的高中同学，从小就喜欢收集各种服装上的纽扣，她的梦想是成为纽扣设计师。上高中时，她就经常自己画一些纽扣手稿图，高考时考取了中国美术学院设计学院。在校期间，她经常参加一些创意设计大赛，但她钟情的还是那些精致小巧的纽扣。她每天不断地努力，不停地创作、设计。

同学都不能理解她如此拼命，说："离毕业还早呢，心有梦想也不必急于现在。未来会遇见很多人，或许会帮我们实现理想。"她却说："心有梦想，若不付出行动，便是空想。那些还没实现的梦想就像低矮的小草，自己不努力向上生长，谁也帮不了你。就算是帮，也只是拔苗助长，别人的行动实现不了你的梦想。"见她如此，同学都说她走火入魔了。

她当然没有走火入魔。大学一毕业，她就去了意大利。每天在街上观察路人各类衣服的纽扣，有时还上前去试图和对方交流，问别人喜欢什么样式的纽扣。遇见和善的人会简单和她交流几句，不和善的直接骂她一句神经病。

有一次，她看见一位高雅的女士衣服上的纽扣很特别，但又不敢靠近。连续几天一直偷偷跟着人家，希望有机会近距离看她。可她却被那位女士当成坏人，找来警察把她带到了警察局。还好她的证件都随身携带着，否则就惹大麻烦了。

尽管如此，她白天依然出去观察，找机会和各种人交流，晚上潜心创作。我曾经问过她，一个女孩子，远在异国，遇见困难和麻烦时，想过放弃吗？她是这样回答我的："实现梦想的过程就像滚雪球，越滚越大。但是若在中途停下，便会立刻融化消失。”她的话确实有道理，梦想的脚步，只要迈出去了，不管走到哪儿，若是中途收回来，就功亏一篑了。

她要求自己，每天至少给十款服装每款都设计出几种不同的纽扣。她把自己满意的纽扣草图寄给服装店负责人，但多数时候都石沉大海。偶尔有一两个回复的，要么说他们有自己的服装辅料设计师，要么就说她的设计太天马行空。

她在意大利待了整整一年，设计了上千种纽扣，但却被多家服装厂拒绝。最后，她不得不靠在餐厅洗碗来赚生活费。但她每晚仍像从前一样设计纽扣，从未间断过。

有一天，她在一本服装杂志上看见了纽扣大赛的征稿启事，便将自己设计的符合大赛主题的作品都寄了出去。没想到，她的设计竟拿了第一名。三个月后，她设计的纽扣上了杂志，曾经拒绝过她的服装厂纷纷向她约设计画稿 。

你看，只要付出行动，不停地努力，梦想就不是遗忘在衣兜里那些褶皱的纸片。你的行动就是马良的神笔，不管画什么，都会活生生地出现你面前。

世界这么大，不管你怀揣怎样的梦想都不稀奇。那些能在梦想诞生的下一刻就付出行动的人才了不起。装在心里的是梦，落在纸上的是画，行动起来的才是最真实的人生。纸上谈兵，一事无成。想让梦想不断地成长，就得不断地行动。

你的梦想是不是还停留在开始的阶段？看完上面的故事，赶紧从被窝里爬起来行动吧！再长的路，一步一步也能走完。再短的路，不迈开双腿也无法到达。你不付出行动，再美好的梦想也只是你兜里的一团废纸。

走自己的路，看自己的风景

人生，本就不是活给别人看的。活在别人的眼里，就等于失去了自我。走自己的路，看自己的风景。有些事，不需要别人的理解。

方涛是个有身高、有颜值的九〇后青年才俊，华东政法大学毕业，之后在行政机关工作。那天他突然说，他辞职了，准备去上海。朋友们都很疑惑，好好的工作，怎么说辞就辞了？他说他有更感兴趣的事要去做。

我更疑惑了，到底什么重要的事要辞了如此稳定又高薪的工作，还要跑那么远的地方去做。他说，他要去参加一个收纳整理师的培训。

“收纳整理师？”我的第一反应就是抓起手机，问度娘。好新潮的一个职业，收入也很可观。可一个大男生把这件事当成事业去做，我还是有些汗颜。但我知道，方涛是个有主见的人，一旦他做了决定，十头牛也拉不回来。所以，我也没说什么反对的话。

我只是小心地问了句："你这么调皮，家里人知道吗？"他说还没敢告诉家里。这次去上海，他告诉父母去出差。我说，纸包不住火。他说，着了再说。

他丢下几句话，就只身一人去了上海。经过三个月的培训，他开始给专业的整理师当助手，跟着团队上门工作。

无巧不成书，他去服务的顾客竟是老家邻居阿姨的女儿，方涛一直叫他董姐。董姐说他瞎胡闹，家里好好的工作不干跑来干这个，简直把人生当游戏。当天晚上，他父母的电话就打过来了。让他收拾东西，立马回去。他怕母亲着急，当晚就买了火车票。

回去后，父亲连家门都没让他进，直接让他去单位上班。向来听话的方涛第一次和父亲争执起来。他说，他喜欢现在的工作。父亲说，喜欢也不行，花那么多钱培养他，不是让他给别人干家务的。

"整理师不是干家务，在一线城市，它是生活里不能缺少的服务行业。"他极力和父亲解释着。最终他没妥协，父亲也没让他进家门。一气之下他去了姐姐家，当他跟姐姐说了干整理师这事后，姐姐也不理解他。姐姐说他不成熟，想一出是一出，他的单位别人挤破脑袋都进不去，他却因为这件荒唐的事情辞职了。

方涛气呼呼地跑来找我。我问他，现在所有人都反对，他还要坚持吗？“为什么不坚持？我有我自己的想法，我的工作不违背道德，也不触犯法律，我会一直坚持下去。有些事，不需要别人的理师。”此刻的他像个孤胆英雄，在没有尽头的沙漠里倔强前行。

他说，他要在这座城市发展下去。刚开始他和别人介绍自己，所有人都被他的话吓到了，以为他精神不正常，甚至有人让他父母带他看心理医生。不管别人说什么，他都笑着和别人解释他的职业，尽管还是没人接受他，但他仍旧默默坚持着。

他的职业第一次被人接受，是一位腿脚不方便的老奶奶，她曾经是话剧演员，他无偿为老奶奶整理了几年都不曾整理过的衣橱。后来又获得了几个顾客的认可。可每次回家，邻居还是风言风语，说他们家培养出来的大学生每天都在给别人干家务。但每次，他都笑着从他们身边走过。有些事，不需要别人的理解，不辜负自己就好。

现在，他已经在北京有了自己的团队，经常去一些明星家里帮助他们归纳衣橱，整理生活。

人生就要像方涛所说，有些事，只要不违背道德，不触犯法律，想做就去做吧！你不做，别人不会替你遗憾。自己的人生只活给自己看，不管是康庄大道还是羊肠小路，只要自己觉得对，就朝着目标走下去。别人的闲言碎语，只当作路上寂寞时听的歌。

走自己的路，做自己认为对的事。我们拼尽全力，不是为了活成别人想要的样子。

方涛的事让我想起了身边的另一个朋友刘佳楠。楠楠很文静，也很乖巧，唯一的缺点就是胆子太小。有时别人说话声音大了，她都会被吓哭。外婆常逗她，问她的胆儿是不是让人切除了。

高考那年，她竟然放弃了本科大学，跑去离家数百里的地方读职业技术学校。更令人惊讶的是，她选择的竟是殡仪专业。她说，她想做一名入殓师。

“入殓师？”我皱着眉，再次问了一遍。她说，对。我吓得差点从椅子上摔下来。

我问她真的想好了吗？她说想好了，入学手续已经办完了。我说那种职业不是嘴上说做就能做的，她的胆子那么小。而且家里人能接受吗？以后择业没问题，但成家却是个大问题，有谁愿意找一个天天摸死人的媳妇呀？我苦口婆心劝了好几天，却丝毫没有动摇她的决心。

她说胆小可以锻炼，父母那里她尽量说服。至于以后，如果遇不到能接受她的人，她就不嫁。我真的觉得她鬼迷心窍了，怎么好好的大学不上突然想要学这个呢？

她说选择这行不是因为冷门高薪，比起军人科学家，这个职业很平凡，但它却有它存在的意义。她愿意用平凡的职业将人生点缀得不平凡。不管别人怎么看，有些事，不需要别人的理解。

她的话顿时让我心生佩服。有勇气做一件别人不敢做的事，平凡的人，也可以走出一条不平凡的路。我突然觉得，她像一颗星星，闪闪发亮。

当父母得知她放弃本科大学去职业学校学习殡仪专业，当场就是一场暴风雨。母亲哭着说，挣再多的钱也不能去，那根本就不是她这样胆小柔弱的女孩子能干得了的工作。还说，她要真去那里工作了，以后就没人敢要她了，说得就跟她是魔鬼一样。她告诉母亲，理想不是用金钱来衡量的，就算薪水微薄，她也一样会去选择。最后母亲没辙，拿出了杀手锏，说她要是真去职校，以后就别再回来了，她就当没这个女儿。

那年，二十岁的她，背着简单的行囊，和所有的不理解踏上了梦想的征程。她说，她已把走不下去和随时回头扼杀在摇篮里，不管前方是阴云满天还是泥潭深沼，自己选择的路，跪着也要走完。

虽然开始时她不敢一个人面对死者，但接触多了，除了尊重外也再无其他了。尽管父母和所有亲戚朋友还是不理解她，但她仍在理想的路上向前爬。

不能因为白天不懂夜的黑，星星就不闪烁，也不能因为别人不懂你的理想，你就不让它绽放。渴望被人理解是脆弱的表现，敢于孤军奋战才是勇敢者。

如果你心怀梦想，只因别人质疑的眼光就不敢前行，那你真是个让人看不起的懦夫。想当勇士就勇敢去做自己想做的事，不必在乎别人对你说了什么。成功在你自己的脚下，别人不理解你，你也一样能够到达。

就连我喜欢的歌中也这样唱：“那些正在努力走向成功的人啊，不要在乎别人对你说这说那，成功的路在每个人的脚底下，走自己的路，让别人说去吧！我有我的理想我要去实现它，走自己的路，让别人说去吧！”

人生，绝不是绚烂给别人看的。活在别人的眼里，永远绽放不出最美的烟花。走自己的路，种自己的花。有些事，不需要别人的理解。孤芳自赏，也能茁壮成长。

点亮爱好的灯

有些事，如果兴趣缺失，无法投入真心，再强迫自己去做，也无所成就。人生中，爱好真的很重要。只有深到骨子里的热爱，才甘愿披星戴月去努力，披荆斩棘去拼搏。就算中途遇见走不下去的坎坷，不管是移山开路，还是凿墙硬闯，哪怕退回去再卯足了劲重来，总之你会想尽一切办法，越过障碍，到达花开的彼岸。绽放最好的自己，芬芳更美的明天。

几个月前，我下班刚进家门就听见父亲说："看来，爱好真的很重要呀！"原来父亲正在看东方卫视《诗书中华》的总决赛。总冠军是安徽师范大学的学生熊树星。他说他从小就喜欢背诗，因为热爱所以一直没有放弃研究诗，越研究就越热爱。其实，很多事都是这种循环。喜欢就钻研，越钻研越喜欢，越喜欢越想研究透。很多人都是在自己爱好一件事入了魔的境界中才成功的。比如我的初中同学，唐浩。

那年唐浩高考失败，母亲特意托了关系让他学空乘专业。他的外在条件很好，模特身材，外加一张迷人的脸。但他跟母亲说，他的爱好不是做空少。

他是个喜欢追求完美的人，看见家里掉漆的家具就会想办法补修完好。后来在网上得知他的这种爱好还有个好听的名字，叫家具美容。现在，他想给自己的爱好插上翅膀，能让他飞翔的翅膀。

母亲说，爱好不能成就人生，父母肯定不会让他走弯路。唐浩虽然是个男孩，但从小就特别听父母的话。甚至到了失去自我，不管对错的地步。这次也一样，他虽然心里百般不愿意，但还是去了航空学校。

可在学校里学了一年，他始终浑浑噩噩、心不在焉。有时他强迫自己一定要好好学，但就是学不下去。他从心里无法接纳自己现在做的事情。期末综合考试的时候，成绩特别不理想。

在过去的一年里，他还是念叨着自己喜爱的家具美容。暑假回来，趁着假期，他给自己报了培训班。以前他都是自己在家研究，但毕竟不专业，想要更好的发展，还得更专业的学习才行。

不学不知道，原来家具美容有这么多专业知识要学。唐浩感觉自己前面就是个神秘的大花园，装着太多他不知道的奇珍异宝，这可把唐浩的魂勾住了。

唐浩说有天他被老师骂哭了。调色时怎么调都有误差，老师说他没悟性，干脆回家算了。若是以前，他的少爷脾气早上来了，但那次他没有。他说，他心里热爱这件事，不把它研究透了，别说不回家，死都不甘心。他跟老师保证，一定加倍努力，用心再用心。

那段时间，他跟走火入魔似的，走到哪儿都拿着工具箱。除了在培训班练习，坐地铁的时候他也在调配颜色；就连去乡下奶奶家，见奶奶的电视柜有破损，立马就开始修补。甚至在睡觉前突然想明白了调漆的比例，就用刮刀把自己的床刮，破再调漆修补。他说，不研究明白，觉都睡不好。

初学时，他被刮刀和刻刀划破手是常有的事。一次因为手上用力过猛，刻刀扎进了他左手拇指，眼看着鲜血直流，他硬是修补完家具的破损才去诊所包扎。若是以前，他定要在医院躺上三天，但这次，他一分钟都没耽搁，生怕落下老师讲的哪个重要内容。

原来，爱好不光能让人走火入魔，它还是个魔法师，将一个从不思进取的人变成积极上进的人。更会给人指引一条星光大道，给人动力，促人前行。

假期很快就过去了，可是培训课还没上完。母亲催唐浩赶紧去学校报到，他却告诉母亲，他不想再去学空少了。他说，他对空少不感兴趣，不管怎么学都学不好。这是他生平第一次为了自己的爱好，违背了母亲的意愿。

母亲自然是一百八十个反对。空少的职业高大上，他外在条件又好，毕业后肯定有一份稳定的工作。而他口口声声说的爱好，说得好听点是家具美容，其实就是个修理工。整天满身油漆，脏兮兮的，累得要死，收入还不稳定。

听见母亲这样说，他很受伤，生气地告诉母亲：“理想不分高低贵贱，更不是用金钱来衡量的。”他还告诉母亲，只要热爱，再平凡的职业也能开出最美的花。话语里满是倔强的执着。母亲说，他要不回学校，以后就断了他的生活费，看他的爱好能不能养活他。

他说：“人的一生只能活一次，如果不能为了自己所喜爱的事而活，那他宁愿不活。”说完这句，他就离开了家。

他开始找工作，他要先让自己活下来。同时，他也悟出了一个道理，当你的爱好不能养活你的时候，你需要做的就是加倍努力。

晚上他去洗浴中心当服务生，白天照常去培训班学习。经过几个月的努力，他已经完全掌握了修补技术。

他的第一份工作就是免费给自己的母校修补课桌椅子，他的技术得到了所有老师的认可。不仅如此，他还上门给几位老师的家具进行美容，在老师那里，他挣到了第一份工资。老师说没想到他有这么好的手艺，一定要帮他宣传。

家具美容是个细活，容不得一点马虎，更容不得一丝偏差。

有一次，他给一款樱桃木家具做美容。樱桃木是实木中的极品，如果做不好，他赔都赔不起，所以修补时他仔细又仔细。可怕什么来什么，做好后他发现纹路与原来竟有偏差，他顿时乱了手脚。顾客说，他上万元的家具毁在了唐浩手上，闹着要他赔偿。最后经过协商，他赔了顾客两千块钱。

钱虽然不多，但他还是郁闷、自责了很长时间。他觉得自己的技术还不够，否则不会出现这种事情。于是，他决定到大城市去进修。

在H市进修的时候，他参加了全省家具美容大赛，最后以精湛的技术获得第一名的好成绩，并被H市最大的家具城老板看中，当即决定聘他做家具城的家具美容师。

唐浩说，他点亮了爱好的灯，爱好也璀璨了他的人生。

看完这个故事，谁还敢说爱好成就不了梦想，拯救不了人生？如果不是因为心之所爱，求知欲怎么会那么大？不管遇到怎样的困难，就算被打倒，也会爬起来继续奋战。就是因为他爱做这事，而多少失败者都输在了对自己做的事不感兴趣上。不要再勉强自己做不喜欢的事了，耽误了自己，也辜负了美好人生。

成功离不开努力和坚持，但也要建立在自己的爱好之上。自己都不喜爱，又怎能投入到其中，为之努力和坚持。如果说兴趣是最好的老师，那爱好就是成功的基础。因为喜欢才去钻研，越钻研越喜欢，越喜欢越想研究透。

很多人都是爱好一件事到入魔的境界中才成功的。也只有深到骨子里的热爱，才甘愿披星戴月去努力，披荆斩棘地前行。就算中途遇见走不下去的坎坷，不管是移山开路，还是凿墙硬闯，哪怕退回去重来，想尽一切办法，越过障碍，到达花开的彼岸。绽放最好的自己，芬芳更美的明天。

时间并没有证明一切

生活中我们常说的一句话就是，时间可以证明一切。但今天我要说的是，时间并没有证明一切。证明一切的是你的心态，你的努力，还有你的坚持。

上学时老师就告诉我们，时间是最好的魔法师，它可以医治伤痛，可以实现理想，可以帮我们证明一切。

可是许多年后，你跑去找老师，说老师骗人，时间并没有证明一切。你还像从前一样多愁善感，看不到世界的美好，你的理想也没有实现。

老师问你，这么多年都做了什么？你说打游戏、上淘宝，和朋友喝酒、逛街、看电影，其他时间就窝在家里等时间帮你改变现状。可这么多年了，你还是一无所获，于是继续悲伤，继续等时间来改变自己。

老师说："傻孩子，你再这样等下去，人生就等没了。老师说的时间可以证明一切，是你要付出足够的努力，到了一定的时间才能看到你想要的结果。"

你说你看不见生活的美好，好的人生态度才能让生活变得美好。你说你的理想还没有实现，理想是靠你的努力和坚持才能实现的。努力到一定的沸点，坚持到一定的顶点，只有这样，时间才会在适当的时侯帮你证明一切。不积极地改变自己的心态，不为了梦想去努力，只等时间来证明一切，到垂垂暮年，你也还是那个颓废的一无所有的自己。只靠时间来证明一切的人，是时间里的奴隶，是生活里的傻瓜。

这时你才恍然大悟，开始奔跑着奋斗，弥补从前犯下的错误。

我身边就有这样一个朋友，他叫尚楠。尚楠常说的一句话就是，时间到了，梦想的门自然会为他打开。

尚楠是某时尚杂志的文字编辑，但他的梦想却是要坐到主编甚至更高的位置。他相信自己绝对可以成功，只是时间早晚的问题。每次见面他都会说，时间可以证明一切。可他在杂志社工作快三年了，还是三年前的那个样子。但他还是说，时间还没到。

终于有一日，他沮丧地打来电话，说时间骗了他。三年多了，时间并没有证明一切。原来，他梦寐以求的主编位置被别人坐上了。

其实有这样的结果，是我早就料想到的。这三年里，尚楠每天完成工作后，其他时间就是看直播、打游戏，甚至玩得上瘾了，工作都完成不了。其他同事是忙工作忙得不可开交，他是忙游戏忙得不可开交。上司说他，他总是不以为然。他说成功不是着急的事，不用忙在一时半刻。那时我还告诫他，成功靠的是每时每刻的积累，你不急，别人就会超过你。他却还是自信地说，早晚有一天，时间会帮他证明一切。结果，事情就照着我的话发展下去了。

那天他喝得烂醉来找我，说时间辜负了他。我说他错了，能够辜负他的只有他自己。把理想托付给时间，原本就是这世上最愚蠢的事。时间并不能证明一切，证明一切的只有你不懈地努力。自己不努力去做，身怀再多的技术也改变不了什么。最后我告诉他，如果还傻傻地依靠时间帮他改变什么，别说三年，就算三十年后，他也还是那幅熊样子。

听完我的话，尚楠卸了游戏，戒了直播，把心思全部花在了工作上。从专栏的策划到选题的拟定，全部自己独立完成，有时他还针对选题展开进一步的跟踪采访。周末，当其他同事都忙着约会看电影，他却忙着跟拍一场一场的时装表演，并到时尚文化培训班学习审美专业。没过多久他的摄影技术和审美观都有了很大的提升。

他每天除了完成分内工作，还苦练各种插画，学习平面设计和排版技术。协同销售搞定广告客户、协同美编设计排版。尚楠虽然身在时装组，但闲暇时间他就了解汽车、美食、健身等时尚方面的知识。

同事都说他，干嘛那么拼？尽力做好本职工作就可以了。尚楠却说，他的实力还不够支撑他的野心，他只有靠自己不断地努力来增强自己的实力。他还说，他以前错误地以为只要时间到了，他想要的自然会实现。可吃了一次亏后才知道，想成功，一切都得靠自己。靠山山会倒，靠水水会流，靠时间更会成为一个废人。想出人头地，想得到自己要的一切，唯一的出路就是靠自己，这样拼来的成功才更牢靠。

从那以后，尚楠再也不掰着手指算日子过了，他只觉得每天都有做不完的事情，每天的时间都不够用。他说，从前太安逸了，现在吃苦也是自作自受。该吃苦的年纪就不能选择安逸，肯吃苦的人只会吃苦一阵子，不愿吃苦的人会吃苦一辈子。

两年的时间，尚楠顺利坐上了主编的位置。三年后，尚楠竟坐上了总编辑的位置。你看，只要努力，不经意间就会遇见更好的自己。如果尚楠还像从前一样，傻等着时间来帮他证明自己的实力，那他永远都不会等到想要的结果。

就在前几天，尚楠跟我说他准备创办自己的时尚杂志。他说，他再也不会指望时间帮他证明什么了。他要靠自己来证明，他有实力成为更好的自己。尚楠说，今天的成绩是昨天的汗水，明天的成功还需今天的努力。时间没帮他证明的，他都靠自己的努力一一证明了。

提起尚楠的事，我又想到了自家小妹。她从来都没跟家里人说等到多少年后，她就会怎样。她从来不相信时间可以帮人证明什么。在她的眼里，靠什么都不如靠自己努力。她说每天努力一点点，命运就掌握在自己手里。想改变，真的只能靠自己。现在，小妹已经不声不响地过了托福考试。

还记得她考研失败那会儿，全家人都以为她会承受不了。但令人惊讶的是，她连哭都没哭。感觉她根本没有时间悲伤，也没有时间抱怨，她的眼里只有她自己——她要如何让今天比昨天更有进步，如何让明年比今年更优秀。第二年，小妹果然考出了理想的成绩。

小妹说，成功是熬出来的，并非时间一到就成功了。都说春天花会开，不播种，你等千年万年也不会看见花开。

生活里，很多人都像个忠实的信徒，虔诚地相信时间可以证明一切。于是整日什么都不做，日日上香，夜夜祈祷。但最后他发现，信仰并不灵验，时间并没有证明一切。于是他咒骂时间欺骗了他，但我觉得他更该骂他自己。

时间可没说帮你证明一切，是你自欺欺人地相信它会帮你证明一切。其实说白了，你还是怕付出、怕吃苦，所以你祈祷时间真的可以帮你。愚蠢的人，醒醒吧！能够证明一切的只有你的努力和坚持。

我们活在时间里，但时间只是个特定条件，我们想成为什么样的人，实现怎样的理想，最主要的还是靠我们自己。我感觉人生就像是一幅画，时间就是那张画纸，但要画出怎样的画，全靠我们自己努力。

聪明的人在时间里用努力和奋斗的汗水熬制成功，愚蠢的人在时间里用懒惰和安逸来等待成功。聪明的人到什么时候都知道，成功要靠自己的努力，愚蠢的人都要被时间打脸之后才明白，时间并没有证明一切，证明一切的只有自己的努力。

怒力去过你想要的生活

生活有万种姿态，总有一款你独爱。想要，就要靠自己的实力去争取。如果你还没有那个实力，闭上你把未来说得天花乱坠的嘴，默默努力。只有努力，拼了命地努力，才配得上你想要的生活。

郁馨是个九〇后东北女孩。从小热爱速滑，梦想成为一名优秀的速滑运动员，退役后当一名速滑教练，培养世锦赛冠军。

12 岁那年，郁馨被市体校短道速滑队教练看中，进入市体校开始接受正规训练。

几天下来，郁馨的小腿肚肿得特别大，走路都要拖着腿，但到了训练场还要继续训练。练到最后，浑身使不出一点力气，心脏累得抽搐地疼，小腿肚肿胀得像要裂开一样，蹲下去就不想再进行下一个动作，甚至想就此倒在训练场再也不起来。

教练说，倒下不是不可以，但它意味着你被困难征服，向理想低头认输了，你止步不前，离你想要的生活就越来越远了。听完教练的话，郁馨咬着牙，忍着撕裂的疼痛，继续训练。

两年后，郁馨通过比赛顺利进入省速滑队开始了职业生涯。训练比以前更严格、更专业了。每天除了练习速滑，陆地训练也时刻都在进行。她告诉自己，再累都要坚持，如果就此放弃，自己想要的生活就永远都不会实现。于是她咬紧牙，继续训练。她觉得每训练一天，离自己想要的生活就近一点。郁馨说，不管多苦多累，决不放弃，努力去过自己想要的生活。

15 岁那年，郁馨代表省队参加冬奥会，结果惨遭淘汰。回来后她更加拼命努力，在训练场上一直滑，直到摔得爬不起来，趴在训练场上哭。

教练说，哭是最无能的表现。作为运动员，浪费一分钟距离冠军都增加了一年的时间。是呀，她没有时间哭泣，没有时间表现软弱。有趴在训练场哭的时间，不如想办法爬起来。只要还能爬起来，就还有希望。

那天训练，她刚滑完弯道，巨大的离心力就将她甩了出去，撞在了训练场挡板上，左腿膝关节肌肉大部分断裂。当时距离冬奥会还有不到十个月，她现在伤得这么严重，别说还能剩多长时间训练，是否能参加比赛都不确定了。

郁馨绝望了。三年了，她为了今年的冬奥会足足备战了三年，如果因为受伤而不能参加，她不知道自己还有没有下一次机会。

父亲说："有些事，在你没尝试之前，就没资格说不行。只要不放弃，人生就有无限可能。"是呀，她想要的生活正在向她招手，她怎么能怀疑自己不行呢？

三个月后，郁馨开始试着训练。有时训练时间过长，或者摔在伤处，那种疼实在无法形容，好几次她都疼得晕倒在训练场。队友和教练都劝她休养一段时间，她说再苦也不能认输，再难也不能低头。再试试，也许下次就不会摔倒了。

汗水落在哪里，花就开在哪里。半年后，她站上了冬奥会的赛场，并夺得了短道速滑女子500米冠军。她用她的坚强和意志力打败了生活给她的磨难，离自己想要的生活更近了一步。

生活有万种姿态，总有一款你独爱。想要，就要靠自己的实力去争取。如果你还没有那个实力，就闭上你把未来说得天花乱坠的嘴，默默努力。只有拼命地努力，才配得上你想要的生活。

趁着自己青春正澎湃，热情正高涨，臂弯正有力量，努力去过自己想要的生活。别荒废了青春，白来世上一场。年轻的时候不去努力，两鬓斑白之日再去忏悔，你荒废的岁月不会原谅你，糟糕的生活更不会可怜你。

郁馨的事让我想到了姨妈家的表妹，曲阳。

那年，曲阳中考考了全校第一，爸爸奖励了她一张周杰伦的演唱会门票。从那以后，她就爱上了音乐。她跟我说，她希望自己也能开演唱会，成立一间音乐工作室。我告诉她，喜欢就勇敢地去追。自己想要的生活，只能自己去努力，别人永远实现不了我们的梦想。

每天放学，曲阳做完功课就开始练习唱歌。那时不懂，她只会一遍遍跟着唱。后来她央求爸爸，说她想学吉他。她的想法遭到了父母的反对，练吉他必定会影响功课。他们可不想自己优秀的女儿毁在根本没什么出路的艺术上。曲阳不甘心，于是跟父母保证一定不会影响学习。

吉他课一周只有两节，她每天都要做完功课等父母睡着了她才偷偷练习。一练就是几个小时，手指由疼到麻木。她常常因为感觉不到疼又多练了两个小时，结果练到手指出血了。她说，只有对自己狠一点，离自己想要的生活才近一点。我心疼地说，也别太狠呀，身体会吃不消。她却说，自己想要的生活，就要下苦工夫去争取。这世上，哪一件美好的东西，不都是努力争取才得来的。

前段时间，她参加了一个比赛，评委直接说她不是科班出身也不至于把歌唱成这样。这件事对曲阳打击很大，她甚至开始怀疑自己，没有天赋光靠喜欢是不是根本无法实现理想？放弃还是坚持？那段时间她一直处在矛盾中。

最后她终于想通了，她说，这世上，谁都不是文曲星，所有的天才都是拼出来的。不在雨里奔跑，怎么知道天会不会晴？不闯进磨难里拼搏，怎么知道自己行不行？只要功夫深，铁杵都能磨成针。努力才有能力过自己想要的生活，不付出汗水与心血，未来再多的美好你也不配拥有。

姨夫不忍心见女儿如此拼命，特意给她请了声乐老师，每天晚上给她上两个小时的课。学校的功课不能落下，只能靠晚上练习。如果第二天没课，她会练一个晚上。每天早上，都像有一把锯齿刀插在喉咙里面一样，不敢说话，咽唾沫都疼。

有一天，她跟我说她想做原创歌曲，但歌词是个大问题。我说："别人都能写，你为什么不能？这世上，只要花心思，下功夫，就没有不能做的事。"听了我的话，她在网上学了填词的基本方法，开始试着作词。

一年后，曲阳的原创歌曲在网上一夜之间点击量过万，有人要买她的歌，有电视台邀请她录制音乐节目，还有音乐公司要签约她。

她高兴地抱着我，说她做到了，她朝她想要的生活成功地迈进了一步。她说，你看，只要努力，你想要的，岁月都会给你。

人得学会成全自己，为了得到自己想要的生活而去成全自己。不要让将来的自己，因为今天的不努力被人看不起。我们都是人，不比任何人矮半截。如果你想要的生活你还没得到，那就闭上你把未来说的天花乱坠的嘴，默默努力。当你还不能满足自己的时候，先别嚷嚷未来的种种美好。如果别人问起你实现了多少，丢的是你自己的脸。

人，只要活着，就一定想办法过自己想要的生活。跪着去坚持也好，爬着去争取也行，反正你得为了这个追求去努力，死人才无欲无求。

“努力去过你想要的生活。”目标很明确，你只要朝着那个目标往前跑就够了。不求你跑得多快，只求你努力并且坚持下去。只有努力，人生才有无限可能。只有不放弃，滴水穿石才不是奇迹。

想成功就要抓住一切机会

有些事，明知道没有结果还是要去做。你不去做，万一前面等着你的是明媚的春天，还有百花绚烂呢？到时候你哭都找不着调，肠子悔青了也无济于事。没有结果也一样要去做，不光去做，还要拿出自己可以拼第一的自信和热情去做。成功了，你要感谢自己，当初傻傻地坚持去做了；失败了，你也一样要感谢自己，多一次失败的经验，就多一次成功的机会。

表妹从小就有绘画的天赋，又独钟情于珠宝设计。她从小就没少在这方面下功夫，连大学读的都是这个专业。

前段时间听说她要参加比赛，但舅妈说她压根没戏，对手可都是国内外顶级的珠宝设计大师。“不让她凑热闹她不听，还不够丢人的呢！”舅妈让我劝劝表妹别乱花心思了，出去一趟路费还挺贵，最关键的是，结果明摆着，她就是多此一举。说难听点就是鸡蛋撞石头——不自量力。

晚上我去找表妹，她告诉我，明知道没有结果，她还是要去做。

她知道成功的概率很小，但只要自己竭尽全力去做了，也许会有不一样的结果。就算没有奇迹发生，她的经历也会教会她很多，多一次失败的经验，就多一次成功的机会。

我觉得表妹说得非常对，有些事明知道没有结果，也一样要去做。成功就要有这样不认输、不低头的倔强。结果注定又怎样？拼命去做了，谁敢保证就没有赢的希望。就算输，也要给自己的坚持和勇气鼓掌，能和精英一起过招，输也输得漂亮。

表妹说她现在就是一颗鸡蛋，明知道会碎得很难看，但还是要去撞那块石头。只有撞了才知道石头有多硬，才知道下次要用多大的力量。

有时候，结果注定的事你却还要去做，不是自不量力，更不是傻，这恰恰是高智商的表现。给自己的下一次找经验、找窍门，只有傻瓜才会放弃历练自己的机会。

后来，舅妈还是和我唠叨，说表妹走火入魔了，为个没结果的事整宿不睡，现在连饭也不吃。明知道没结果还这么拼命，这不是傻吗？我说，她有她自己的想法，让舅妈别管她了。

几个月后，表妹的比赛结果出来了，她失败了。舅妈说，她一早就知道得落个名落孙山的下场，这下好了，丢人都丢到北京去了。

其实失败是情理之中的事，表妹刚读大三，还没步入社会，有些思想和观点肯定不能和经验丰富的设计师相提并论。

虽然早就知道没结果，但努力了这么久，我怕表妹还是会有些失落，于是下班就去了表妹家里。

见了我，表妹的第一句话就是，没结果的事有了不一样的结果。她兴奋地抱着我，在我怀里乱跳。原来，她被国内著名的珠宝设计师看中，收她做了学生。

你看，只要努力去做，世界就有无限可能在等着你。有些情理之中的事，也会有意料之外的惊喜。但前提是，你得去做，拿出鸡蛋撞石头的精神去做。

你不去做，万一前面等着你的是明媚的春天，还有百花绚烂呢？到时候你哭都找不着调，肠子悔青了也无济于事。没有结果也一样要去做，不光去做，还要拿出自己可以拼第一的自信和热情去做。成功了，你要感谢自己，当初傻傻地坚持去做了；失败了，你也一样要感谢自己，多一次失败的经验，就多一次成功的机会。

在明知道没有结果的情况下还努力去争取，倘若也像表妹一样收获了不一样的结果，你一定会因为不期而遇的惊喜更加自信，更愿意去拼搏。

有些事，明知道没有结果也还是要去做。虽然你很少能赢，但有时也会赢。

写到这里，我眼前倏地闪现出一个男孩的身影。他叫李琦，是个先天性脑瘫患儿。前段时间受邀观看他的拉丁舞比赛，让我知道了一个触动人心的故事。

那天刚好是李琦二十岁的生日，他穿着时尚又漂亮的舞蹈服，整个人显得特别帅气。在表演的过程中，完全看不出他是一个脑瘫患者，每个动作都特别标准完美。

看到儿子出色的表演，李琦的母亲不禁潸然泪下。后来李琦的母亲给我讲了李琦的故事。

十五岁那年，李琦看了邻居妹妹的拉丁舞表演，和母亲说他也想学拉丁舞。那个时候，他的左腿走路还不是很灵活，母亲哭着说，拉丁舞的动作他目前还学不了，等他再恢复一段时间，一定让他学。

那时李琦刚做完矫形手术不到一年，他跟母亲说，他知道就算学了也不会有什么结果，甚至有些动作他都还学不来，但他还是想试试。天真的李琦还说了这样一番话："世界上不是有那么多残疾朋友都创造了奇迹吗？也许有一天奇迹面前也会是我的名字。何况只有勇敢去做，并且一直坚持下去，奇迹才有可能发生。"李琦像被折断了翅膀的雄鹰，虽然失去了飞翔的能力，却没有失去斗志。

李琦还说，活着不是为了等待死亡，应该有一个活着的目标，就算他知道这个目标可能永远没办法达到，但心中那个目标会给他活下去的希望。李琦的母亲说，当时她也没想过什么结果不结果，就当给孩子一个活下去的希望。于是在一家比较出名的拉丁舞班给他报了名。

一开始，老师并不愿意收他，因为他本身的条件就不太适合学习拉丁舞，再加上他说话也不是很流利，沟通比较麻烦。母亲说，她愿意陪着儿子一起学，有些话她来和儿子沟通。看李琦乖巧听话，眼里的热情又那么高，好心的老师才同意把他留下了。但老师说，她只管教，学会多少就要看他自己的努力和悟性了。

前几节课，李琦学得很吃力，几乎每个动作都跟不上，常常急得满头大汗。有些他做不来的动作，母亲就伸手帮忙。

大概两个月的时间，有些简单的动作他可以跟着老师一起练习了。到后来动作越来越难，其他同学每节课可以完成十个动作，他只能做到一个。没人给他当舞伴，妈妈就当他的舞伴。三年的时间，老师已经教会了几批学员，李琦还在跟着学。

老师说，通过练习拉丁舞，他已经恢复得很好了，不需要再练习了。但如果想在这方面有所成就，有点不太可能。

他跟老师说，当初学的时候他就知道没有结果，但他喜欢拉丁舞，不能因为没结果就不去做。况且有些事，不努力去试试，谁也不知道最后会是什么结果。如果还是没结果，他也不会失望，努力尝试了，过程也很美。倘若出现了不一样的结果，他灰暗的人生就会大片放晴。如果就此放弃，他的人生就彻底没有晴天的机会了。见李琦如此执着，老师也没再多说什么。

在此期间，他也参加了几次拉丁舞表演，结果可想而知。但他依然没放弃，仍旧傻傻地坚持。他说，就算知道没结果也要努力拼下去，美好的人生都是拼出来的。

今天，他终于拼来了一场非常完美的拉丁舞表演，获得了比赛的亚军。五年，他整整用了五年的时间，把一件没有结果的事变成了奇迹。

一件事，在明知道没有结果的情况下，你还像傻瓜一样去努力，并坚持做下去，上帝怎么舍得辜负你？只有努力去做了，未来才有无限可能。

其实想成功，不难。抓住一切可以抓住的机会，拼命努力。即便有些机会你抓住了也没有结果，但你做了就会丰富自己的经验，给成功创造更多的机会。

生活中，你也一样会遇到一些明知道没有结果的事。也许你早已不在意结果，全身心投入精力去做了。其实只要你去做，把你知道的“没有结果”丢在脑后，拿出你能拼第一的劲头。谁也不敢保证，你不会成为下一个奇迹。别忘了，你的每一次努力，每一滴汗水，上帝都会给你相应的奖励。

荆棘里开出的花

谁的人生都不会一路平坦，都有一段或几段布满荆棘的路。只有披荆斩棘，战胜困难，才能和成功完美遇见。你坚定的努力和辛勤的汗水一定会让你开成最绚烂的花朵。在荆棘里开出的花，才坚强美丽、芳香醉人。生活，就要一步一步越来越坚强。荆棘里开出的花，越艰难越要奋不顾身地绽放。

我们每个人的身边都有这样的人成功前，生活给他设置了太多的波折和阻碍，但他从不在困难面前认怂，立志要绽放成荆棘里的那朵花。

小夏就是其中一朵。

小夏刚毕业那年，去一家公司实习，负责公司产品的设计及相关工作。小夏个子不高，很瘦，还不爱说话。

有一次，经理拍着桌子对小夏发飙，像地震一样。经理说她的设计图要创新没创新，要内涵没内涵。最后直接将她的设计图丢进垃圾桶里。

我以为小夏肯定会哭鼻子，但出乎意料，她非但没哭，还在心里对自己暗暗加油，我觉得小夏身上有一股打不倒的力量。

后来才知道，她这次的任务之前有人做过，没能让客户满意。现在所有设计部的人都不愿接，只有小夏自告奋勇地站出来。客户是个法国人，要求特别高，还特别挑剔。但小夏认为，不能因为难度大就不去做，如果前方只有这一条通往成功的路，就算遍布荆棘，也得闯一闯。只有顶着困难硬闯，才能在荆棘里扎下根。她说，荆棘里的花都是这样绽放的，还说在荆棘里绽放的花永不凋谢。

有一天，小夏下班走到电梯口，突然对设计有了灵感。一时忘了时间，忘了晚饭还没吃，蹲在那里就开始比划图案。同事大姐说小夏，别对自己太狠，美好的生活还在等着你，别现在就把自己折磨坏了。

小夏却回答说，生活不是我们任何人的亲妈，我们不对自己狠，生活就会加倍地对我们狠。想要美好的生活，现在必须努力，不管前路多少荆棘，都要不断地强大自己。我们得有能力为以后的享受买单，才有资格谈未来的美好。

那天小夏熬了一晚上，但她的设计仍没让经理满意。而且经理的话比上次还难听。同事们都说，就凭你的学历，到哪都能找到好工作。在困难里硬闯并非英雄的表现，稍微拐个弯，人生还有很多条出路。

可小夏说，如果遇到困难就退缩，学历再高也没用。困难面前，怂一次它就会把你压得死死的，再想翻身，太难了。她还说，逆境里的成功更有成就感，荆棘里开出的花芳香更醉人。她偏要迎难而上，披荆斩棘，做荆棘里开出的那朵花。

那天以后，她暂停创作，开始潜心研究法国传统文化。大胆地和那个法国客户视频沟通。最后结合中国的紫砂壶文化和茶艺，终于设计出了让客户满意的作品。

小夏用她的努力和坚持战胜了困难，她的付出终于获得了回报她，让她成了荆棘里那朵最耀眼的花。

实习结束后，小夏去了深圳，她说，该奋斗的年纪绝不能选择安逸，困难面前更不能退缩。迎难而上，问题才能迎刃而解。生活，就要一步一步越来越坚强。荆棘里开出的花，越艰难越要奋不顾身地绽放。

小夏的设计终于被海南一家客商看中。

她不仅做出了令客商满意的设计，还帮助联系了一家陶瓷制造厂，按照她的设计，制造出了让客商非常满意的紫砂壶和陶瓷器皿。

后来，那个客商提议和小夏合伙。现在，她们的合伙公司已经成为了陶瓷器皿界小有名气的“明星公司”。

我们都想生来就有人为我们铺好一条“星光大道”，但又有几人有这待遇呢？就算命好，一路没有曲折和滑坡，但总会遇见天下雨，路结冰。这道坎，你还是要过。

如果荆棘是通往活着的唯一出路，你必须踏过荆棘，才能得救。我们都不是神仙，想要腾云驾雾需要修炼上千年，我们命不足百年，只能靠着自己的双脚努力踩过荆棘，哪怕扎得满脚是血，也要忍着疼，继续在荆棘中前行。

别说这样对自己太狠，对自己狠一点，离成功近一点。不狠，成功知道你是谁吗？不狠，拿什么扛起胜利的锦旗？不狠，凭什么做荆棘里的花朵？

谁的人生都不会一路坦途，都有一段或几段布满荆棘的路。

只有披荆斩棘，战胜困难，才能和成功完美遇见。你坚定的努力和辛勤的汗水一定让你开成荆棘里最绚烂的花朵。在荆棘里开出的花，才坚强美丽、芳香醉人。

生活，就要一步一步越来越坚强。荆棘里开出的花，越艰难越要奋不顾身地绽放。

再不折腾，就老了

生命在于运动，人生在于折腾。不努力折腾一番，怎么知道能不能把天翻过来？想走进理想的殿堂，又前怕狼后怕虎。不放开拳脚去做，怎能有奇迹发生？推开一扇窗还需要你伸出手呢，更何况是实现咱丰满的理想。

刘明珠是我的发小，从小成绩优异，对父母、老师总是言听计从。高考时，她以优异的成绩被北京大学新闻与传播学院录取。

就是这样一个乖乖女，却在大四即将毕业时说要重新高考。

“重新高考？”听完她的话，所有人的嘴巴都可以吞下一个鸡蛋。当然，她的决定也遭到了所有人的反对。老师说她拿前途当儿戏，同学说她瞎胡闹，对自己人生不负责，家人说她瞎折腾，好好的记者不当，非要重新高考。她却说，树挪死，人挪活。不折腾，人生哪能与梦想擦出火花，绽放出属于自己的新天地？

我知道，她做事一向有原则，不经深思熟虑绝不轻易下决定，更不是瞎胡闹的人。于是找到她，问清缘由。

她说，一个月前她随着导师一起去Y国进行战地采访，她眼睁睁看着一个负伤的士兵因失血过多牺牲在她面前。她觉得自己特别没用，连最基本的包扎止血都不会。她说着，双眸泛起潮湿，话语里仍旧满是歉意和自责。

那天晚上，她彻夜难眠。只要闭上眼，就想起那个士兵绝望的眼神。于是，她做了这个决定——重新高考，学医。

你下这么大的决定，就不怕日后后悔吗？我问她。她说没想过会不会后悔，做自己觉得对的事，不去做，才后悔。

你不怕失败吗？我又问。

“怕就永远不会创造奇迹，再不折腾，青春没了，梦想也老了。”她的眼里燃烧着对梦想的执着追求，浑身散发着超人的力量和勇气。

经过努力，她被复旦大学本硕连读的医学院录取。

大学期间，她无数次听人提起过无国界医生这个组织，毕业后工作了一年就进行了申请。随后接到了第一个任务，去B国。任务完成后，她辞去了上海的工作，紧接着又接到了第二个任务，去A国。

她的辞职再次遭到了家人的反对。母亲说，她再瞎折腾就嫁不出去了。父亲说，A国现在频发战争，她一个女孩子，枪林弹雨的，怎么行？她却说，正因为频发战争她才更应该去，在那里，她才能实现自己的价值。不勇敢地走出去，怎么知道未来有没有新的路在等着自己？

在A国，每天都有近百位负伤的士兵被送到医院，但医生只有三个。她每天都在紧张疲劳中度过，但看着被自己救治的士兵，她觉得自己没白折腾。

对，人生就得折腾，不折腾怎么能在平凡无奇的生活里活出不一样的精彩呢？那些安于现状的人，其实不是不想折腾，是不敢折腾，他们过惯了安逸的生活，怕吃苦，怕奋斗。甚至怕失败了会失去原有的生活。我想说，你都不去试试，怎么知道结果呢！不折腾，你的生活永远都如同一潭死水。折腾了，也许会激起美丽的浪花。如果你想让自己的人生更丰富多彩，就开始折腾吧！再不折腾，就老了。

我曾经问过她，艰难的时候想过退缩吗？她轻笑了下。“自己折腾出来的路，怎能轻易放弃。”她的话听着让人心情沉重，但她的眼里仿佛燃烧着一团永不磨灭的力量。

因为她特殊的工作，我们很少联系。后来我辗转去了S市，之后就断了联系，直到几天前在S市一家医院偶遇。

当时她赶着去送一名患者，留了我的电话就匆匆走了。听医院的人议论，一个年轻的小伙子，从外地的农场打工回来，得了出血热，刚才那个女大夫就是来接病人的。我听得半信半疑，因为有事要办，也没多做停留。

第二天，我意外接到她的电话。她问我忙不忙，约个时间出去坐坐。关于她的事，我也满肚子的疑问，于是约了见面时间和地点。

她问我还在写作吗？我笑着点头。她说真好，专注自己的选择，猛劲朝一个目标努力。我自嘲，劲儿太小，离目标还远着呢！她说不怕，只要不停朝前跑，总有一天会到达理想的目标。说的时候，她的眼睛眺望远方，仿佛那里有她炽热的梦想。

我问她，不是一直在做无国界医生吗？怎么在S市和传染病扯上了关系？

随后，她将她后来的故事向我娓娓道来。

她说A国任务结束，她又动身去了非洲。但刚一踏进非洲，令她束手无策的却是数不尽的疟疾患者。她说，据当地医疗机构介绍，2015年，有四十万人死于非洲疟疾。当时她就下了决定，留下来。短短几个月，她帮助当地医疗机构救治了数名疟疾患者。

回国后，她便投身到防治疟疾、鼠疫等一系列传染病的工作中。现在，她不光是一名无国界医生，还是一名驻非援救人员。

三十几年的人生，说长不长，说短不短，但她却在不断地折腾。她说，关上耳朵，不听别人怎么说，自己觉得对就折腾。再不折腾，就老了。

活着就得不断折腾，把平淡的人生折腾出花来，你就赢了。

如果折腾不出来，你也不损失什么。但我相信，只要肯努力，生活都是越折腾、越美好。知识是在折腾中增长的，能力也是在折腾中不断提升的。怕折腾，永远成不了大事。敢于折腾，才会邂逅美好。

生命在于运动，人生在于折腾。不努力折腾一番，天永远不会翻过来。想走进理想的殿堂，就不能前怕狼后怕虎。不放开拳脚去做，绝不会有奇迹发生。推开一扇窗还需要你伸出胳膊呢，更何况是实现咱丰满的理想。

心中有梦想的人，趁着自己还年轻，梦想还热血沸腾，作起来吧！不作就不会死，作了死的只是懒惰、怯懦、碌碌无为的你。凤凰涅槃，浴火重生。重生的定是勤奋、勇敢、大有作为的你。时光飞逝，如白驹过隙，再不折腾，就老了。

Part D

带上温暖，去朝圣

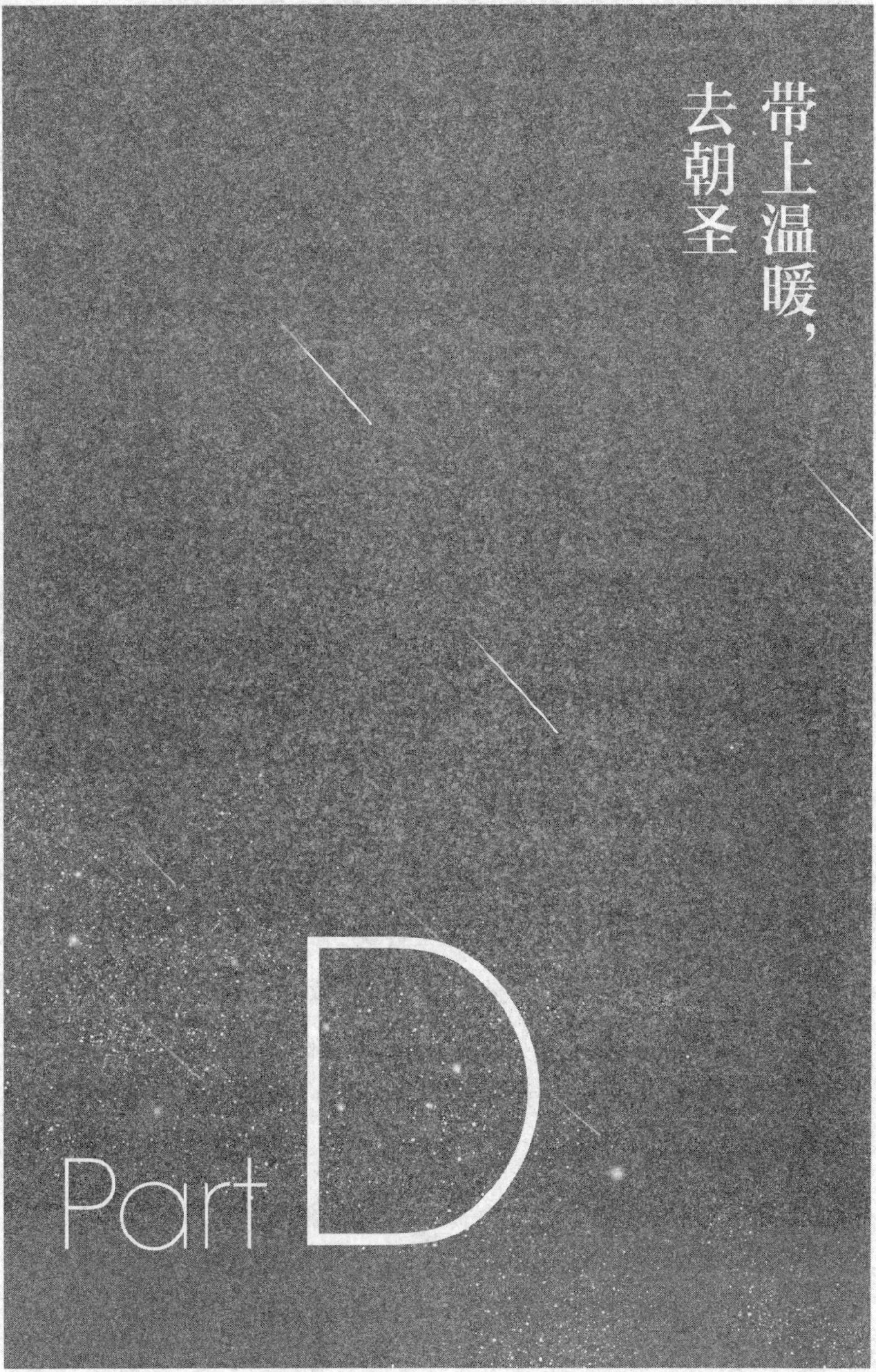

让负能量远离自己

我们每天都把“满满的正能量”这句话挂在嘴边。成功和幸福都需要正能量，想让生活更美好，请让负能量远离自己。让负能量远离自己，人生的每一天都是艳阳高照。即使阴天下雨，也是灵魂的歇息，心灵的洗礼。让负能量远离自己，就是让将来不完美的你远离自己。浑身满满的正能量，走到哪都有不期而遇的惊喜。

生活，需要充满能量。美好的生活，就需要充满正能量。让负能量远离自己，美好的人生才会靠近你。

前几天，我在街边碰见这样一对母女，小女孩拽着妈妈的手不肯走，闹着要把她手里的零钱给面前那个乞讨的叔叔。女孩的母亲连拖带拽将女孩拖走，嘴里还唠叨着，给什么给，都是骗人的，没准他比你过得还好。

我爱怜地看了乞讨者一眼，他卑微地跪在那里，脚上没有鞋，连袜子也没穿，双脚均有残疾。单薄的衣衫脏得早已看不出原本的颜色，在凛冽的寒风中，他的全身都在瑟瑟发抖。我从包里拿出一张票子塞进他满是污垢的手里。他连连作揖说谢谢，眼里闪着激动的泪光。我只坚持自己心中的正能量，不会被任何人的负能量影响，让负能量远离自己。

生活中，虽然我们做不到将正能量传递给所有人，但一定让负能量远离自己。负能量永远都是阴暗见不了光的。正能量才是阳光，照亮自己，也温暖他人。然而，不管再怎么见不了光，还是有人偏偏喜欢在潮湿阴暗的地方苟且。自己见不得光，也不许身边的人有阳光。时间久了，向往阳光的人一定还会逃出来。而另一些人，只能和自己的阴暗和狭隘孤独终老。不想让自己孤独终老，就让负能量远离自己。

你是否也曾经遇见过这样的情景，一个小朋友拾起路边的垃圾，妈妈却说，多脏，快扔掉。小朋友说，老师告诉他们，保护环境，人人有责。妈妈则告诉孩子，捡了也白捡，还会有人扔。最后孩子委屈地把垃圾丢在了路旁，母亲一脸嫌弃地都没牵他的手。正能量不一定会传播，但负能量一定会传染，像瘟疫一样。和如此负能量的人整天生活在一起，是很可怕的一件事，她会摧毁生活中太多的美好。负能量就像洪水猛兽一样可怕，我们必须远离负能量。

写到远离负能量，我又想起这样一件事。

“写作有什么用？能挣几个钱？起五更爬半夜，还不够遭罪的呢！写得再好，你没钱，也没有出路。”对予那些坚持写作的朋友来说，身边一定也会有家人或朋友跟你说过这样的话。

见你看书入迷、写作入魔时总喜欢以为你好的名义来“拯救”你。这样的朋友，不能说交不得，但也不能与他们为伍，因为他们有个名字，叫“负能量”。这些“负能量”会在你成功的路上，对你的努力横加阻拦，对你的梦想极度轻视，对你的努力不屑一顾。

“现在的社会，学得好不如嫁得好。没钱努力也没用，有钱才有权。”这样的负能量太可怕，他们会毁了我们的梦想，甚至人生。所以，我们一定保持清醒，让自己远离负能量。

柴小七的二叔便是这样的人。每次看小七在不停地敲电脑，就会说小七，想当作家哪有那么容易？咱家一没当官的，二没有钱的，还是趁早放弃吧。小七跟二叔说，梦想和钱权没有关系，想成功，必须得靠自己努力。

二叔瞧了小七一眼说，要是有钱不就能自费出书了吗？还用像你这么费劲吗？小七跟二叔说，自费出版质量不好也不行。二叔又严厉地呵责小七，那要有个当官的不也成吗？小七一脸地无奈地告诉二叔，没有读者看也没用。

二叔醒过神来了，但紧接着又来了句，天天不要命似的写，到底能挣多少钱呀？莫言得了诺贝尔文学奖，奖金在北京还买不上一套房呢！你要指着当作家发财，迟早不得饿死。没事别总憋在家里写，出去玩玩儿，能钓回来个金龟婿才算你本事。小七没再和二叔理论，这种负能量的人，如果生活里避免不了，那就努力增强自己的正能量，让结果堵住负能量的嘴。

从那以后，小七比从前更努力了，她相信，只要努力，就没有实现不了的梦想。现在，小七的新书正在热销中。二叔再也没和小七说过写作没用的话。

不远离负能量，你的人生早晚会有一场毁灭性的灾难。别让无限可能的美好人生，毁在负能量上。那样，输得不值，毁得太冤。

如果有时你无法避免身边的负能量，那就让自己浑身都充满正能量。当你全身都闪着正能量的光，负能量见了你也会低头绕路走。

不管什么时代，想要完美的人生，就必须让负能量远离自己。靠近它，就等于掉进泥潭里，一生都会被毁掉。

让自己时刻保持正能量，保不齐什么时候它就会改变你的人生。

跟大家讲一个我身边真实的故事。羽西是我的朋友，财会专业。刚毕业那年，她一直没找到合适的工作，就在手机专卖店当销售员。那天她正在一家牛肉面馆吃面，突然进来一个拄着盲杖的老人，衣衫不整，满脸污垢。老板说，已经三天了，老爷子每天都这个时间来。来了他就给老爷子煮碗面，有钱就收下，没钱他就不要了。羽西听老板说完，直接把老人的面钱付了，还帮忙买了水。老人双目失明，说话也不是很清晰，耳朵应该能听见。羽西告诉他面钱已经付完了，他就朝着羽西说话的方向作揖答谢。

老人走后，老板跟羽西说，像她这样善良的姑娘，上帝一定会在恰好的时间给她回报。

羽西说，她做这些并不是为了有所回报，她想让正能量像接力棒一样一直传递下去。世界上像她这样的人还很多，人多力量大，一定能将负能量打败。

从那以后，羽西连续几天都去给老人付面钱。有一天羽西去时，老人还没来。羽西问老板，老人怎么还没来？这时，一个很绅士的男人突然来到羽西面前深深一鞠躬，说感谢她多日对他爷爷的照顾。

原来他是老人的孙子。他说，前几日他带着爷爷去体检，结果他去取化验报告的工夫，爷爷就走丢了。快十天了，爷爷身上没钱，他以为爷爷早就……没想到遇见像羽西和面馆老板这样的好人。

后来，他通过聊天得知羽西是财会专业的毕业生，但一直没找到合适工作，他说正好自己公司的财务部还缺人，让她明天就去上班。羽西赶紧拒绝，说她真的没做什么，就是付了几顿饭钱，实在受不起如此大的恩惠。

无奈之下，老人的孙子让羽西自己去面试，通过了是羽西靠自己的能力争取的；通不过，他们之间来日方长。

对，来日方长。他现在不光是羽西的老板，还是她的老公。

你看，正能量真是让生活无限美好。你的正能量帮助了别人，也许还会帮助自己，甚至改变你的人生。多和正能量的人接触，你的运气也不会差。遇不上真命天子，你的正能量也会帮你变成更优秀、更完美的自己。

我们每天都把“满满的正能量”这句话挂在嘴边。成功和幸福都需要正能量，想让生活更美好，请让负能量远离自己。

别让它摧毁你人生的斗志，折断你梦想的翅膀，击垮你从未动摇的坚持。每天让自己多一点正能量，就是给自己的人生积攒幸福的运气。正能量是通往天堂的阶梯，它会让你一步一步更接近阳光。让负能量远离自己，人生的每一天都是艳阳高照。即使阴天下雨，也是灵魂的歇息，心灵的洗礼。让负能量远离自己，就是让将来不完美的你远离自己。浑身满满的正能量，走到哪都有不期而遇的惊喜。

当自己浑身都闪着正能量的光时，就有资格大喊一句：所有影响我人生目标，耽误我美好前程的负能量，都给我滚远点。

善良是一种选择

什么样的人才叫天使？长相甜美，笑容醉人，有一双灵动的眼睛，还有一双智慧的翅膀，这顶多算是面容姣好的聪明人。真正的天使，是对这个世界充满善意。哪怕你没有会飞的翅膀，你的善意也会带你飞翔。

前几天，我被一则腾讯新闻所震撼，看完后只感觉世上还是好人多。善良的人像天使一样可爱，把平凡的世界衬托得那么美。

事情是这样的，10 月 27 日，云南楚雄禄丰县火车南站，一名老人突然倒地昏迷不醒。19 岁的李晓梅及时出手相救，跪在地上为老人做胸外按压和人工呼吸，直到救护车赶到才去坐火车。据悉，李晓梅要坐火车去楚雄参加 28 号的成人高考。但当她到达楚雄时已经错过领取准考证的时间，因而错过了自己的重要考试。关于这件事，李晓梅说：“不遗憾，明年还可以再考。”当我看见李晓梅的照片时，不由自主地轻呼一句：“真美。”对，她像上帝遗落在人间的天使，把世界都点缀得更美了。

其实，我们的身边一样不缺少这样的天使。今天我要说的小天使叫磊磊。

磊磊的故事是我在朋友的医院亲眼所见的。那天我的胃不舒服，去医院输液，正赶上他们在抢救一个小男孩。年轻的母亲哭得几度昏厥。我在母亲的哭声里得知男孩名叫磊磊，今年才十一岁。

磊磊是在放学时看见一辆失控的轿车对着邻家妹妹撞来，他为了救妹妹，被车撞飞。半小时后，医生从手术室出来了，我听见医生说对不起，他们尽力了。年轻的母亲像一头狮子一样推开所有人，冲到儿子的床前，紧紧地抱着儿子。仿佛要将儿子揉进她的身体，再重新给儿子生命。

随后她缓缓地抬起头，将儿子从上到下仔仔细细地看了好几遍，所有人都不知道她要做什么，感觉她像是要把儿子的模样刻在心里。可儿子是自己十月怀胎生下的骨肉，到什么时候也不会忘呀！最后年轻的母亲终于说话了，“我想把儿子身体所有未受损器官捐给医院。”她说话的声音很轻，但又感觉她的胸口像有巨石压了上去，死死地，一辈子都挪不开了。

话一说出口，所有人都惊呆了。人声嘈杂的抢救室门外，突然变得很安静。母亲的一句话，好像压住了时间的齿轮，地球不再转动，全世界都静止了一样。四周的空气带着所有人的悲伤、震撼、感动凝聚在一起，给人一种压抑得喘不过气的窒息感。最后不知道是谁唱起了《最亲爱的小孩》，接着整层楼里的人都在跟着唱，唱到最后，歌声全部变成了呜咽声。年轻的母亲死死地拽着床单，咬着牙就是不哭出来。她说儿子原本就是个天使，人间留不住他。

可最后当人群散去，年轻的母亲终于崩溃了。头部一直砸着病床的铁管，手敲得床铺咚咚响。我不知道出于何种心理，将年轻的母亲抱在怀里。那一刻我清楚地听见她胸腔里地动山摇的疼痛声，她抽咽地问我，孩子会不会怪她？不经他同意就擅自做主捐献了他的器官。

我说不会，天使就是降临人间来拯救有危难的人，他完成了使命，又回到了天堂。她说，从小她就教育儿子，为人要善，遇见别人有危难一定要帮，她说儿子是个好孩子。可是善良的孩子为什么会死呀？年轻的母亲眉宇蹙着一道深深的伤口，撕心裂肺地问我。我说，他没有死，只是离开我们去了该去的地方。善良的人才会变成天使，才有机会去看天堂的美丽。

后来听朋友说，磊磊的器官都已派上用场，骨髓也正在与一个患白血病的女孩配型。我想，所有人都会记住磊磊。天堂里，他还是个小天使。而那位年轻的母亲，愿她被岁月温柔以待。天使的母亲也一定是天使，带着善意。

每个人都想当天使，每个人也都可以当天使。善良是与生俱来的，只看你愿意不愿意。与年龄无关，与社会地位也无关。有关的只是你那颗心，带着善意，还是早已丢失？想当天使，就把善良拿出来，送给需要的人。善良不同于财物，拿出去多少你就少了多少。相反，你所付出的善良会以同样的方式还给你。

发生在美国的这个真实的故事相信很多人都听说过。一家咖啡店的服务员 Liz Woodward，在冲咖啡时得知两位消防员刚刚结束彻夜的救火工作，于是悄悄为两人的咖啡买了单，并随咖啡送上一张纸条，表示对他们的敬意。

两位消防员被感动了，他们把经历发在脸书上，并向朋友推荐了那家餐厅。他们的这一举动，让很多网友都很感动，都去光顾那家餐厅。

后来，消防员发现，姑娘的父亲因为脑动脉瘤卧病在床至今，急需一辆可供轮椅上下的汽车。于是消防员又发起了捐款，金额约合四十万元人民币。

Liz Woodward 活成了天使，两位消防员又何尝不是。Liz Woodward 的善意温暖了别人，同时自己也因此得到了帮助。

善良的人，世界不会亏待你。你永远不知道，你一个小小的善意会给自己带来怎样的好运，甚至会拯救你或者你的家人。

前几天，我在医院听说了这样一件事。小张带着怀孕的媳妇去做产检，媳妇非要先去早市买菜。早市人很多，小张就把车停在了早市入口处。可卖红薯的大妈却在倒车时不小心刮伤了小张的车。小张当时陪媳妇去买菜并不在车上，大妈就把车停在了那里等车主回来。

等小张回来时，大妈跟小张讲清了事情的原委，并问小张需要赔多少钱。小张得知大妈靠卖红薯维持自己和老伴儿的生活，大妈又如此朴实善良，他就告诉大妈不用她赔钱，回头他去4S店处理下就可以。

就在这时，小张的媳妇突然肚子疼，大妈作为过来人，说她可能快生了，得赶紧去医院。第一次经历这种事，小张也蒙了，于是大妈放下生意和小张一起去了医院。

医生说，小张媳妇马上要生了，如果选择剖宫产就需要马上手术。可就在手术过程中，小张的妻子突然大出血，因为小张的媳妇是Phd阴性血，小医院的血库并没有备这种稀有血，需要从血库中心调血。可时间就是生命，就在这时，大妈想起来自己就是那个稀有血型，就赶紧让护士抽她的血。大妈为小张媳妇献了600CC血，让小张的媳妇脱离了生命危险。你看，小张不经意的善良竟救了妻子和孩子的命。

网上流行说，吉人自有天相。所谓吉人，就是带着善良的人；所谓天，就是你的环境和你身边的人；所谓相，就是相助和保佑。想要有好运，只要心存善良，做个好人就够了。

别害怕你的善良用完你该怎么办，人的善良是无穷尽的，只要你活着，善良就会繁衍生息。只要你不断地使用，你的幸运就会层出不穷。小小的善良，会给你带来意想不到的惊喜。带着善良，什么时候都是明媚的春季。花开梦暖，希望永不散去。

曾有人这样问我，什么样的人才叫天使？长相甜美，笑容醉人，有一双灵动的眼睛，还有一双智慧的翅膀，这顶多算是面容姣好的聪明人。真正的天使，是对这个世界充满善良。哪怕你没有会飞的翅膀，只要你向世界付出了你的善良，上帝就会给你插上一双天使的翅膀。带你飞翔，去寻找更美的生活。

愿你活得像天使，带着善良。

不去奋斗，怎么知道不会拥有想要的明天

千万别喝醉了就抱怨上帝对你不公，却偏爱谁谁。自己不去奋斗，上帝再偏爱你，你也是个阿斗。别说你没钱没学历还没有过人的天资，别说你想要的生活比没有梯子去登天还难。天你根本没去登，你就嚷嚷登天太难。你的现实和你想要的明天差距甚远，你都没去奋斗，你就抱怨上帝对你不公。不去奋斗，怎么知道不会拥有想要的明天?

以前，朋友亮子总是跟我抱怨，这个世界太不公平，一起去学的乒乓球，别人都代表省里去参赛了，他连他们体校的比赛都惨败。上帝根本就没赐予他学乒乓球的天赋，他想在这方面有所成就，没戏。

我说，当初是你自己嚷嚷着要学乒乓球的，这才多久就认怂了？他说不是认怂，他是非常想成为刘国梁、孔令辉那样的乒乓球高手，但实在没这方面的天赋。

我让他扪心自问，上体校这么久，有没有拼命地努力过，拼

命地奋斗过，就算被对手击败也不放弃，继续全力以赴的比赛？他摇头，说他从没像我说的那样奋斗过。我说，不去奋斗，你还想拥有你想要的生活，你当世界是你开的超市呀？想要什么就拿什么。就算想要什么就有什么，不也得伸手去拿吗？不伸手，想要的能飞进你手里还是能掉进你嘴里？你自己不去奋斗，怎么能拥有你想要的？

他说他没有天赋，到现在都掌握不好乒乓球的技巧。就算努力了，也只会白白浪费汗水。我告诉他，每个人的汗水都不是白流的。很多时候，汗水落在哪里，掌声就响在哪里。你都不去奋斗，怎么知道不会拥有想要的明天？上帝的眼睛不拙，你的汗水和你的奋斗他都看得很清楚，他一定会在合适的时间给你相应的回报。更何况，青春就是用来奋斗的。你不奋斗，小心上帝把你的青春收回去。

听完我的话，亮子二话没说就跑回了体校。听亮子的校友说，从那以后亮子像变了个人似的，每天除了吃饭就是训练，原来特别喜欢睡觉的他每天都是最后一个回寝室。

有一次我去看他，他正在和教练打比赛。比分咬得很紧，亮子紧紧地盯着那颗白球。浑圆的眼里放射着猎鹰搏击时骇人的红光，一副杀气腾腾的样子。天气特别闷，在没有空调的训练室，亮子的汗顺着头发一直流到脖子里。

一年后，亮子终于被选进了省乒乓球队。他说，他终于相信，只要去奋斗，就会拥有想要的明天。他说掌握不了世界的未来，但他可以掌握自己的明天。而掌握自己明天的唯一方式，就是奋斗。用尽浑身的力量，去奋斗。

是呀，每个人都不是上帝的宠儿，你不去奋斗，他才不会给你你想拥有的明天。我们虽不是他的宠儿，但他却是我们的神。只要你付出，他一定会给你相应的回报。很灵验。

至今还两手空空的人，抓紧时间去奋斗吧！你距离你想要的明天，差的只是奋斗。不去奋斗，你怎么知道不会拥有想要的一切？我们都是人，虽然没有三头六臂但还有聪慧的头脑。如果你还说自己不行，那就狠抽自己两个嘴巴，面壁思过吧！什么时候想通了，离你想要的明天也就近了。

前不久在腾讯上看见这样一则新闻，53 岁的妈妈陪女儿考研，结果自己先考上了。看到这个题目，我感觉非常震撼。

故事是这样的，2016 年，周亚松母女一块考研，原本陪女儿考研的周亚松居然成功上榜。之前周亚松是一位普通的公务员，但从小喜欢音乐，她的梦想就是到音乐学院深造，但由于年轻时家庭困难未能如愿。正好女儿大学毕业，准备复习报考音乐学院的研究生。于是她决定和女儿一起复习。

女儿说，她半夜上厕所，看见母亲还在复习。女儿劝她爱惜身体，她却说，要想考上研究生，不下一番苦功夫，是不可能成功的。

看了这个故事，我悟出了一个道理，只要肯下苦功夫，不管你想要的明天距离现实有多远，都有实现的那一天。

看完这则新闻，我突然想起了一个朋友。他叫董超，以前是美团的外卖小哥。

那时董超去我姐姐家的饭店取外卖，他来的时候那份外卖还没准备好，于是他就从包里拿出一本书站在门口看。我以为他只是看一些八卦杂志在打发时间，后来才知道他看的竟是《尤利西斯》。因为我也看过这本书，便过去和他聊了几句。后来我经常去姐姐家帮忙，他也常常去取外卖，我们便成了朋友。

我通过聊天得知他是农村的，家里孩子多，初中没毕业就出来打工了。但他从小就喜欢文学，梦想当一名编剧。我说，不是科班出身，学历还不够，想要成为编剧，比修炼成仙还难。他却说，不去奋斗，怎么知道不会拥有想要的明天？他的眼里满是对梦想的坚定执着和对未来的自信。

他说他曾在作家格拉德威尔的《异类》一书中看见过这样一句话："人们眼中的天才之所以卓越非凡，并非天资超人一等，而是付出了持续不断的努力。一万小时的锤炼是任何人从平凡变成世界级大师的必要条件。"格拉德威尔称此为"一万小时定律"。

董超说，要成为某个领域的专家，需要一万小时的学习。如果每天工作八小时，一周工作五天，至少需要五年。他每天除了上班，把其余时间都用来看书、创作，如果一个五年不行，就再用五年。努力朝着目标走，他就不信他的梦想在遥远的天际，永远接触不到。

他的努力确实超乎常人，每天早上六点出门，晚上十点下班，在这期间只要接不到单他就坐在街上看书，有时还拿出笔记本写东西。下了班，不写完一集剧本绝不睡觉。

他说，他没有别人的高学历、高智商，悟性还很差，写东西还特别慢，常常写完一集还要删掉半集。像他这样没有半点天资的人，不努力，梦想凭什么为他开花？不奋斗，拿什么驾驭想要的明天？他时刻告诉自己，只要拼命努力，就有希望看到梦想绽放的美丽时刻，只要不停地奋斗，就有机会拥有想要的明天。成功都是靠数不尽的汗水和无数不眠的夜晚奋斗换来的。

在此期间，他给一些知名导演投了十几本剧本，要么石沉大海，寄出去后就再也没有消息，要么原封不动被寄回来。还有一次，他的剧本不知道是被导演还是谁痛批了十几页，说他把这样的剧本寄出来纯属浪费别人的时间。这件事对他打击很大，他努力了大半年的剧本却是浪费别人时间的垃圾。

后来他终于想通了，如果他是一块金子，别人都会抢着要他，被拒绝的原因就是他还只是一块没有任何价值的石头。他要做的不是自暴自弃，是继续奋斗，并且要下百倍千倍的功夫去奋斗。就算做不成金子，也要变成一块会发光的宝石。如果就此放弃，他的人生大概就只剩眼前的苟且了。坚持下去，也许人生还会绽放诗意的春天。

有段时间他一直没来姐姐家取外卖，后来我才知道他辞职了，在家潜心修改剧本。偶尔他也会在微信上和我说，他想剧情想得脑袋都快炸了。但他还是不能放弃，不去奋斗，怎么知道自己会不会变成宝石？

他说，有个剧本原来的编剧临时有事，导演让他试试，但要求他一天必须写完两集。连续十天他几乎没怎么睡觉，结果晕倒在卫生间被送去医院抢救。尽管他如此努力，他的剧本还是没被录用，那个临时有事的大编剧又回来了。他知道，实力不强，就永远占据不了主动权。但他相信，实力是不断奋斗而绽放出来的花。

前段时间，他跟我说，他的剧本被出版社签约了。之前的导演让他再试着写其他的剧本，但被他拒绝了。

奋斗的人生只会苦一阵子，不奋斗的人生会苦一辈子。肯奋斗的人，未来的人生虽然不能想干什么就干什么，但绝对能让你不想干什么就不干什么。奋斗拥有的实力，可以让你占据主动权。只有不断奋斗，才能积攒实力。做不到实力雄厚，拿什么拥有想要的明天？只有实力雄厚，才有能力去争取你想要的种种美好。想得太好，做得太少，你想要的，迟早会被你吓跑。

那些深夜买醉、抱怨上帝不公的人，醒醒吧！上帝不会辜负任何一个吃苦奋斗、努力生活的人。你都没努力，凭什么跟上帝要美好的未来？别说你没钱没学历还没有过人的天资，都不去奋斗，怎么知道不会拥有想要的明天？这种人，我只想说，你不配。不配拥有春暖花开，不配拥有生活的种种美好。想让自己配得上自己想拥有的美好生活，你知道该怎么做。

给青春打了一场漂亮的翻身仗

青春本就是条曲折而坎坷的路，需要我们努力地奔跑。每一步都竭尽全力，即使跌倒，动作也是优雅的。输，也要输得漂亮。真正的青春，就是努力地奔跑，华丽地跌倒。跌倒了别气馁，爬起来继续跑。跑到筋疲力尽，跑到路的尽头。蓦然回首，你的汗水已在你身后开满惊艳的花朵，芬芳你为青春播撒的美好。当坎坷绽放出花朵，当曲折赋成有故事的诗歌，你会觉得从前的跌倒，再疼，也值得！

David 今年 28 岁，原名叫杜卫，David 是他的艺名。

前段时间，我的一个朋友说她发现了一家特别棒的美甲沙龙，于是结伴去美甲，由此结识了 David。

David 的美甲店装修很时尚，也很奢华，有上下两层。一楼接待普通顾客，二楼则是 VIP 区，接待一些社会名媛。店里除了 David，还有 5 个美甲师，他们还分别有自己的助理。

我说 David，年纪轻轻事业就做得这么大，真是令人羡慕。他说没什么可羡慕的，谁的青春都是一路跌跌撞撞走过来的。他也一样，也曾在青春的路上摔得遍体鳞伤。

后来，David 就给我讲起了他的故事。

19 岁那年，David 高考失败，整日郁郁寡欢。因为家庭条件不好，大学没考上，技校也不能去，他不知道自己以后能做点什么。后来，他听说他的初中同学不少都学了美发，有的已经开了理发店。David 说他也可以试试，但他不学美发，做的人多了没发展空间，要学就学美甲。

于是，他给自己找了家不算大的美甲店，三百块钱包学会。师傅从来不会刻意教他，都是师傅做，他认真地看着。师傅说她没办法教他怎么去做，只能靠他自己练，慢慢悟。天资和悟性都不高的 David 每天都在和胶水、甲片、线条搏斗。回到家也不停地练习，给祖母的指甲画不同的花。经过一年的磨炼，他总算可以像师傅一样轻松地完成顾客想要的效果。

他在小镇租间小商铺，他的美甲店就开业了。可是小镇地方不大，客流量少，赚的钱还不够交房租的。最后把父亲给他的几万块钱都赔光了，美甲店也经营不下，只好暂时去停业了。

原本他家庭条件就不好，开店的钱大部分都是父母找人借的。他觉得对不起父母，没帮上家里，还赔光了钱。他实在没脸回家面对父母，于是退了商铺，坐上了开往大城市的火车。

他说，当初他只带了够买一张车票的钱。我问他生活费呢？他说城市那么大，他有手有脚，一定不会让自己饿死。不带钱就是要断了自己回来的念头。他说，出去了就一定要做出一番成就。

他和很多北漂的人一样，住进了又潮又暗的地下室，找了份装卸工的工作。活很累，挣得也不多。有时不发工资，一天只能吃一顿饭。

David 干了近一年的装卸工，攒了点积蓄又开起了美甲店。但他的手艺在大城市根本不行，他做的美甲样式老土，顾客来过一次就再也不来了。那么大的城市，客流量也特别多，但他的美甲店却很少有人光顾。他开始反思自己，他说，没有超出常人的能力，拿什么拥有日进斗金的实力？只有自己带着发光点，才能吸引路人。

于是 David 暂时关了店，找了家专业培训班继续深造。他每天跟着老师和各种视频学习，研究甲片的各种造型。到最后，他的甲片造型不管是玫瑰花还是小动物都跟活了一样，唯妙唯肖。

他的美甲店终于重新开业了。他提前做了宣传，营业第一天，他免费给所有顾客做美甲。他相信，只要做得好，下次顾客还会来找他。果然，第一次免费做过的顾客没过多久又来了，还给他介绍了不少新的顾客，店里的生意越来越好。

我说 David，越努力越幸运嘛！他笑着摇头，说我如果以为他的路就此顺风顺水，那就错了。

有一天，他正骑着电动车买完店里的用品往回走，手机突然响了。他着急回店里的没停下来就接了电话。电话是父亲打来的，说祖母去世了。听见父亲这样说，他完全忘记了正在行驶的电动车。跟父亲说，他马上回家。可还没挂电话，就听“啊”地一声尖叫，一个十几岁的女孩被他撞倒在地。女孩轻微脑震荡，脸部擦伤，右腿骨折。大夫让他先交五千块钱押金，说女孩需要手术。但他只勉强凑够了三千，后来实在没办法，迫不得已把生意正火的美甲店兑了出去。

David幽默地说，现在这个美甲沙龙已是他的第四家店了。“富有吧？”他笑着问我。我说他的青春很富有，经历同样富有。

他苦笑，说那段时间，他的人生灰暗到了谷底。祖母的葬礼他没赶回去，处理完交通事故，他已经山穷水尽。我问他是怎么走出来的？

他说开始时，他已经失去了斗志，觉得怎么拼都拼不过命，他就是不被上帝垂青的孩子。但他足不出户待了三天就受不了了，他觉得他在等死。他说，大好的青春，就此荒废，是该死。但死前一定要和命运一较高低，他就不信命运能左右得了他。他就要逆一次天，就要和苦难拼一拼。苦难不是以为把他吓跑了吗？他就要卯足了劲，杀他个回马枪。他霸气的眼里暗藏杀机。

我笑他像个混世魔王。他说，活着就该像混世魔王一样强大。不强大，就别怪生活不容你，成为命运的俘虏。他说人活着，就要有自救的本领。自己不和命运抗争，谁也救不了你。谁的青春都是一步一坎坷，别人能赢，他也能。青春就要努力地奔跑，跌倒了别气馁，爬起来继续跑。只有不停地朝前跑，才有希望和成功相遇。

后来通过一次美甲比赛，他被某知名造型学校聘为美甲老师。他上了一年班后，又把之前的店兑回来了。

我问他还有勇气？就不怕再摔倒？他说每一步他都尽了最大的努力，摔倒了动作也是优雅的。青春本就是条曲折的坡，不摔几个跟头都不算走过。

事实证明，“混世魔王”赢了苦难，逆了天。两年的时间，他成立了现在的美甲沙龙，给青春打了一场漂亮的翻身仗。

青春的路，虽然曲折漫长，但只要坚持住，不停朝前跑，努力到无能为力，坚持到感动自己，上帝都不忍心辜负你。

翅膀不硬，实力不强。不自觉努力，摔倒了就在原地撒泼打滚，怨天怨地，怨全世界与你为敌。你这个熊样子，活该上帝不垂青你。有撒泼打滚的工夫好好想想，是世界与你为敌，还是你与自己为敌？做到全力以赴，做到摔倒不认输，才配和全世界说，“我的青春我做主。”

青春本就是条曲折而坎坷的路，需要我们努力地奔跑。努力了，即使跌倒，动作也是优雅的。输，也要输得漂亮！真正的青春，就是努力地奔跑，华丽地跌倒。跌倒了别气馁，爬起来继续跑。跑到筋疲力尽，跑到路的尽头。蓦然回首，你的汗水已在你身后开满惊艳的花朵，芬芳你为青春播撒的美好。当坎坷绽放出花朵，当曲折赋成有故事的诗歌，你会觉得从前的跌倒，再疼，也值得！

在拼搏里挥洒汗水

网上疯传着这样一句话：比你差的人还没放弃，比你优秀的人仍在努力，你便没资格说你无能为力。如果你想得到从未拥有过的东西，就要做你从未做过的努力。将来的你，一定会感谢现在在拼搏里挥汗如雨的自己。用汗水挥洒青春，用拼搏诠释梦想。让梦想照进现实，让你的现实，成为别人的梦想。

人只能活一次，一定要在该拼搏的年纪挥汗如雨。这样，才不会在最好的年纪虚度人生，辜负自己。

说到拼搏，我想讲讲表妹的故事。

表妹是一名柔术演员，12岁那年，她央求家里送她去杂技团学习柔术软功。开始家里人并不同意，本身杂技就是件特别吃苦遭罪的事，加上她已经错过了最佳学习年龄。但表妹坚持要学，说不管吃多大的苦，受多大的罪，她都能坚持下去。最后家里拗不过她，只能送她去学。

在杂技团里，表妹每天 5 点起床，先到操场跑 1000 米，然后在梯杠上压腿，练习下腰。

表妹跟我说，最痛苦的是下午的压耗。就是摆好一个超软超疼的姿势，开始耗着坚持两个小时。刚开始，每天的练习都是从开始号叫到结束，出来时全身的汗都湿透了，整个人像被热水浇了一样，练功服上都能拧出水来。她说因为年龄关系，长好的韧带和骨骼又被重新拉开，那种疼是任何止疼药都解决不了的。而且由于年龄过大，她每天必须要比别人多练两个小时。老师说，如果身体实在承受不了就不要再继续了。

表妹说，疼得无法忍受时可以哭出来，但绝对不能放弃。谁的成功都得经历一场生死搏斗，在拼搏里挥洒自己的汗水。成功就是要你拼得再也使不出一点力气，汗水挥洒得不剩一滴，在你马上就快挂了时，出来拯救你。就像她自己，疼到顶点，以后慢慢就没那么疼了。

尽管表妹这样说，可练习时还是经常跌落撞地，满脸是血。但每次表妹都是快速爬起来继续练习。每天，其他同学都休息了，她却悄悄爬起来，去练功房偷偷练功。

她说，在拼搏里挥洒汗水，是人生该有的模样。上帝让我们活着一定不是让我们躺在床上享受，他想让我们都实现自己的自身价值，大好的年华，千万别辜负自己。青春就该是挥洒汗水、舍命拼搏的年纪。

15 岁那年，表妹参加了一次柔术比赛。当时她和一个俄罗斯女孩比试下腰夹气球，结果表妹以一分之差败给了对手。从那以后，她更加拼命练习。

表妹曾经练功十小时没休息一分钟，最后虚脱晕倒，可醒来后还要继续练习。我说她不是在练习，是在玩命。她却说，想拥有从前未有过的本领，就要做前从没做过的努力。你尚未成功，生命也未终止，凭什么不去拼搏努力？有些事，结局掌握在我们自己手里，只要自己拼命努力，挥汗如雨，道路再艰难，结局也不会太差。

表妹并不是把拼搏当成口号，每天喊几句就没事了。那傻姑娘真的是实打实地在拼。曾经在练习高难度动作时多次休克，醒来后仍旧坚持练习。

有一次表妹旧伤复发，演出在即，所有人都让她放弃演出。但她那倔劲上来，十头牛都拉不回来。最后还是忍着巨大的疼痛参加表演。那次，表妹的演出很成功。我想，一定是上帝在偷偷帮助这个拿命去拼搏的女孩。

某些人，千万别抱怨上帝为何从不帮助你？我来告诉你，你离上帝太远了，它够不着你的手。自己没拼命朝前跑，上帝想帮你，也无能为力。要我说，你根本就不配。自己从不拼搏，上帝凭什么帮你？

人只能活一次，如果不能在该拼搏的年纪为梦想挥洒汗水，那岂不是白来世上一回？只有在拼搏里尽情地挥洒汗水，成功才知道你是谁，你才算没辜负自己。汗水落在哪里，结果一定绽放在那里。拼下去，拼到无能为力，成功总是在你最危难的那一刻出来拯救你。寒冷到了极致，太阳就会光临。

不管此刻你的人生走到哪一步，处在怎样的高度，或者低谷，但只要还活着，就要在拼搏里挥洒汗水。即使你梦想成真了，拼搏也会再次成就与众不同的你。如果你尚未成功，更需要拼搏努力。让你的现实，成为别人的梦想。

表妹的故事又让我想到了王宇。王宇是个九〇后男孩，但他却有个女生的爱好，织毛衣。我曾经问过他，是不是家里有人做这行才喜欢的？他说不是，就是看见毛衣上漂亮的样式就开始研究针织。

王宇在网上看教程，在书上学。慢慢地，他竟可以织一些简单的样式。他对自己有了信心，开始研究在毛衣上织一些更复杂的花或者小动物。当他的女朋友都惊讶于他的手艺时，他开始给自己的手艺研究商机。他决定先织几件小孩的毛衣和成人披肩之类的东西去街上摆个地摊试试。

深秋的天气很凉，其他人都收摊回家了，他还在坚持。因为他有几款特别保暖的披风非常适合那样的天气穿，可是没等来顾客，却等来了一场瓢泼大雨。王宇被淋得像落汤鸡一样，晚上回去就开始发烧。即便这样，他还在坚持织那款厚披风。他觉得下过这场雨天气凉了，一定好卖。

我劝他注意休息，身体是革命的本钱。他说，上帝不会因为你生病就厚待你，帮你做好所有的事。自己不动手，不光病死还会被饿死。别说现实残酷，自己不努力，残酷也是你自找的。那天早上，高烧还没退，王宇却比平时早去了一小时，他说要赶在行人上班的时候。果然，他的披风一上午就卖出去了五件。

可是从那以后，他的披风一星期都没卖出去一件。他发现街上所有女士，只要穿着针织毛衣，样式就比他的时尚。回家后，他就开始研究新的样式。他说，达不到独一无二，也要做到与众不同。做不到精品，凭什么让别人认可你？整整一个月，他一直在构思新样式。出去跑步时想，吃饭的时候想，连睡觉之前也想，就好像想了，灵感会出现在梦里一样。那段时间，王宇的神经绷得特别紧。他跟我说，上了大学考上研究生的人都还在拼搏，他若不拼搏，不拼命挥洒汗水，拿什么追赶别人？

后来他没时间出去摆摊，就在淘宝开了家网店。

有一天，一个买家说要批发他的所有针织品。他算了下，觉得薄利多销，也挺划算。可这样，他比以前更累了。每天，他一工作就是十几个小时。颈椎疼得许久都抬不起来，手指僵硬得也要揉捏许久才能缓过来。

后来，他的针织品被更多的商家相中。现在的情况就是他整宿不睡也供不上商家的需求。于是他开始招工，有针织基础最好，在这个基础上再学习一些新的东西。没有基础的，可以先干其他的工作，针织可以慢慢学。

人多了，他比以前更忙了。每天不光要织出每一件针织品的样品，还要教工人一些新的织法。他每天休息的时间从来没超过

6小时。有时晚上困得鼻子、脸经常会碰到棒针上。他给自己想了个办法，将两只棒针交叉插在衣服上。“你这是现代版头悬梁锥刺股呀！”我一脸惊讶地说。他说，成功都是和困难死磕下来的。自己不全力以赴去拼搏，向谁伸手要成功？

后来，他成立了自己的针织品加工厂。可当了老板，他还和从前一样，每天研究各种针织品的样式。再忙都挤出两个小时上外语培训班，学习经营管理。随后他去了意大利，学习一些国内没有的样式和技术。就这样，他的生意越做越大。

其实，谁的成功都是靠自己的拼搏和汗水浇灌出来的。生命不息，拼搏不止。在拼搏里挥洒汗水，做不了超人，也会成为某个领域的高人。含泪播种的人，才能含笑收获。

漫长的人生道路，苦难不可怕，目标遥远也不可怕，可怕的是你到现在还不肯去拼搏。自己的人生，自己不努力，上帝都没实力帮你。想要成功，除了拼搏和不放弃，至今还没有其他的好办法。可能你有，因为你是土豪，是富二代。可钱早晚会花完，用钱堆起来的成功就像风雨中摇摇晃晃的小舟，随时都有可能翻船。而实力是自己的谁也偷不走，抢不去。靠拼搏和实力得到的成功才更牢靠。

网上曾疯传这样一句话：比你差的人还没放弃，比你优秀的人仍在努力，你便没资格说你无能为力。如果你想得到从未拥有过的东西，就要做你从未做过的努力。将来的你，一定会感谢现在在拼搏里在挥汗如雨的自己。

你都没坚持，怎能说放弃

这世上，有多少天分败给了努力，又有多少才华输给了坚持？其实，成功的路上，和努力一样重要的还有坚持。困难面前，不试着坚持去做就喊放弃的人是懦夫。而勇士是像格子姐在《努力必须张扬，人生才有锋芒》里说的那样，“纵有疾风起，人生不言弃”。也许再坚持一秒，花就开了。你都没坚持，怎能说放弃。

我嫂子生大侄子时奶水不足，别人给她介绍了一个催乳师，叫徐子墨。

徐子墨个子不高，但模样很俊俏。长发在后脑上盘个小小的发髻。水润的皮肤白里透红，像朵娇艳的花。

工作时，“她”神情专注，动作温柔。直到“她”做完了我给“她”倒水，“她”说谢谢，我突然吓了一跳，“她”原来是个男孩子。好好的一个男孩，怎么会做催乳师这个行业？我心里疑惑不已。但初次见面，却不好问出口。

还别说，自打徐子墨给嫂子做完催乳，嫂子的奶水就特别多。母亲要我找徐子墨，当面替她道谢。电话约了几次他都说太忙，于是便作罢。

直到今天，我几乎忘记这个人了，却接到了他的电话。他问我是否有空，去冷饮厅坐坐。

我问他今天是什么好日子，怎么有空见我？他的脸“唰”地就红了，像秋天的苹果一样。他抓着头发，充歉意地说，前段时间在办理出国的事，今天是来跟我辞行的。

“出国？”我以为自己听错了，又问了一遍。他说对，去美国。美国母婴护理做得特别好，他要把好的东西学回来，为中国所有的母婴服务。

他的话瞬间让我对他刮目相看，但我还是没忍住问出了疑惑已久的问题，当初为什么会选择这个行业？

听我问起这个，他又不好意思地笑了，说只是个偶然的机会，在一本女性杂志上看到上面说国内非常缺这方面的人才，于是就在某家知名的母婴培训机构报了名。

我问他，当初父母就没什么意见吗？他的羞涩和喜悦瞬间冻在了脸上。许久，他才缓缓说了句，至今父亲都不肯认他。

接下来，往事像他手中的啤酒一样，一股脑倒了出来。

他说，当年高考失败，父亲让他去当兵，他却说找到了比当兵更适合自己干的事。当他和父母讲完自己的想法时，父亲当场大怒，说他有辱家门，如果非要坚持，他就当没有这个儿子。

他一气之下便离开了家，一边打工一边培训。他说，他现在的成绩，与其说是努力来的，不如说是咬牙坚持下来的。

起初，他特别害羞，甚至不敢去触碰那个硅胶模型。同学都窃窃私语，班里三十多人，就他一个男生。他告诉自己，一定要克服心理障碍。自己选择的路，咬碎牙齿也要坚持下去。渐渐地，他喜欢上了这个职业。

因为认真努力，他是最先被母婴护理中心招走的学员。可他没想到的是，因为是男生，许多产妇都不愿用他，公司也不愿白养吃闲饭的人，随便找个理由就辞退了他。虽然被公司辞退了，但他并没有放弃自己。他又找了家母婴护理中心，但短短两个月他就被客户投诉了好几次，最后连工资都没拿到就落魄地离开了。

那时，他心里涌出了放弃的想法，可想完后又狠狠扇了自己一巴掌。这是他自己的选择，都还没坚持，有什么资格说放弃？

“既然不能放弃，那就想办法让它在荆棘中开出花来，芬芳自己的梦。”此刻的他，像砖缝里一株被无数人践踏过的小草，仍不屈不挠朝着有光亮的地方，努力地生长。

后来他给自己想了一个办法，去妇产医院免费为人服务。他有个要求，就是让产妇把他的名片给需要的人。听说免费，不少人都要求他提供服务。一时间，他成了医院小有名气的催乳师。

哪怕跌进深渊，只要坚持寻找突破口，拼命向上爬，再深的悬崖也困不住你。梦想的路上，不怕千万人阻挡，就怕自己投降。

徐子墨是所有年轻人的楷模，我由衷地夸赞他。他却苦笑道，事情并没有那么顺利。

有一次，他给一个产妇开奶，做了两次都没效果。他说产妇情况复杂，不但早产，还严重气血两亏，他要用中医的方法帮她治疗，再配一些催乳的食谱。可在他为产妇做第三次治疗时却被家属痛打了一顿。眼睛充血，腿也一瘸一拐的。

产妇的家属还在医院里嚷嚷，说他靠着假医术出来骗财骗色。短短一天的时间，他的名声和他辛苦做的宣传全完了。最后，他不但一分钱都没赚，还赔了人家一千块。

他陷入了沉思，是不是这条路注定不适合自己走？不，不是，这世上哪有那么多注定的事。坚持，一定要咬牙坚持下去。黑暗的峡谷，想看见光明，就要坚持走下去。困难就怕你坚持，拿出流干血也要坚持的劲，困难就一定被你吓跑。都还没好好坚持，怎能轻易说放弃。

我问他，是什么力量支撑着他，让他坚持了下来？他说，他相信是金子总会发光。如果还没发光，那就一定要拿出百倍的努力，坚持下去。只要坚持，攥紧拳头，咬紧牙地坚持，总会与成功有个美丽邂逅。他的眼里仿佛真镶了块金子，正放射着耀眼的光芒。

徐子墨说，后来自家表妹早产，他赶去医院为表妹做催乳，并给表妹配制了催乳汤。令所有人吃惊的是表妹真的下奶了，医院里其他产妇也要求他给催乳。

几日后，医院终于聘他为催乳医师。他说，你看，只要坚持住，全世界都会为你让路。在这期间他一直坚持学习，不断申报等级，在数次失败后，总算拿到了中国高级催乳师资格证书。

现在，他已经做好了去美国学习的一切准备。说到这里，他嘴角上扬，眼角眉梢都洋溢着幸福的笑。

只要是自己想走的路，那就勇敢地坚持下去，撞了南墙又怎样？偏不回头，偏要把这堵墙撞倒，闯出一条新的路。

这世上，有多少天分败给了努力，又有多少才华输给了坚持。可那些失败者无不嚷嚷着，努力有个屁用，老子都快累吐血了，不还是败了吗？却鲜少有人扪心自问，自己究竟努力了多久，坚持了多久？

别人坚持了三年，十三年，甚至三十年，而你只是三分钟热度。你的努力远没到极限，你的坚持也没到终点，你的叫骂打的只是你自己的脸。

成功的路上，和努力一样重要的还有坚持。困难面前，不试着坚持去做就喊放弃的人是懦夫。而勇士是像格子姐在《努力必须张扬，人生才有锋芒》里说的那样，“纵有疾风起，人生不言弃”。也许再坚持一秒，花就开了。你都没坚持，怎能说放弃？

即使跌断翅膀，也要飞翔

想在平凡的人生绽放不一样的精彩，就得吃别人吃不了的苦，受别人受不了的罪，忍别人无法忍的屈辱。即使没有伞，也要奋力在风雨中前行。即使跌断翅膀，也要努力飞翔。也许走着走着，天就晴了。也许你拼命努力，汗水会重新为你筑一双翅膀，丰满的羽翼，载你飞向更高更远的天堂。

2017 年“中国杯”时尚调酒师大赛正在“迷迭香”酒吧进行。此刻表演的是林萧微，年仅 24 岁，是去年的冠军得主，也是继邓雯之后被誉为“调酒小皇后”的调酒师。

她修长的胳膊灵活地和酒瓶跳着花样舞蹈，杨柳般纤细的腰肢也和酒瓶缠绕在一起，抛瓶的动作越来越难，舞姿越来越妖娆。最后，林萧微将她抛出的两个酒瓶完美地落到她的肩膀和腰肢上，结束表演。

但谁也不知道，小时候因为淘气，她左下臂被雷管炸没了。

那时，她的生活失去了色彩。

直到她十六岁那年，和父亲去北京，认识了李伟，那个用脚弹钢琴的了不起的人。李伟告诉她，没有手，用脚一样能弹钢琴。李伟的故事深深触动了她，她也想挑战自己。

她说：“人生还有许多美好，我不能因为眼前的不如意就放弃寻找。就像那时的自己，不能因为没有翅膀，就放弃飞翔。”她倔强的话带着昂扬的斗志，仿佛正憋着一股力量，要证明给自己看。

刚巧，电影里正在上演调酒师邓雯精彩的表演。她的心顿时萌生了一种想法，瞬间觉得自己的人生有了一丝光亮。

那时候，她刚好念高中在外面住宿，周末就偷偷去酒吧找师傅学艺。她如实和师傅交代了自己的情况，师傅说调酒太辛苦，不适合她学，越往后难度越大，身体一定吃不消。师傅的话像冬日里的一盆凉水，无情地泼在她身上，冻住了她刚刚萌芽的理想。

“即使跌断了翅膀，我也要飞翔。不努力去试，又怎么知道奇迹会不会绽放？”她的话让我的心瞬间一阵颤抖，仿佛我眼前坐着的不是个人，而是一块巨大的宝石，散发着巨大的光芒。

从那以后，她每天都去酒吧学习调酒。接连去了两个月，师傅终于答应教她了。师兄说，师傅培养她也是白培养，自娱自乐玩玩儿还可以，千万别当真。

林萧微说，既然选择了，不管多难，一定把调酒练精、练绝。任何一个行业，只要练精练绝，做不到行业里的精英，也看到了希望。但师兄却嘲笑她断了翅膀还想飞，自不量力。师兄的话像一把尖锐的利器，深深刺痛了林萧微的心。

谁说跌断了翅膀就不能飞翔，她偏要做那只断翅飞翔的雄鹰。谁敢说飞着飞着不会长出一双新的翅膀。不试着飞翔，怎么能到达理想的天堂？生活就该是这样，即使身处谷底，也要奋力向上，不然怎能看到希望。

当然，这些话她并没有跟师兄讲。她说，当你在别人眼里是个笑话时，与其花时间与人争辩，不如珍惜每一分钟，让自己变成神话。

高考结束后，她参加了首届“中国杯”时尚调酒师大赛。她表演的是背后直立起瓶＋反倒手＋翻转酒瓶两周背接组合动作，当她表演反倒手准备换下一个动作时，酒瓶突然滑落，她下意识去接，但酒瓶已经碎裂在地。

尽管败得很惨，但她依然没有放弃，反复练习比赛失误的动作。她知道，一只断翅的雄鹰，想要飞翔绝对不会那么容易。跌下来，她就爬起来继续努力，再跌就再爬起来继续。总有一天，汗水出够了，新的翅膀也长成了，那样就能飞得稳、飞得高了。

她的高考成绩很理想，但她还是选择了继续进修调酒专业。

她说：“凤凰浴火才能重生，逆风的方向更适合飞翔。”

去年的时尚调酒师争霸赛，她终于以最精彩、最完美的表演夺得了花式调酒的冠军。事实证明，断了翅膀的雄鹰真的可以飞翔。而且飞得最高，飞得最远。

失败，不代表再没希望。断了翅膀，也不代表不能飞翔。只要勇敢地爬起来，奋力扇动翅膀，飞起来就不再是奇迹。

其实，雄鹰没有翅膀并不可怕，可怕的是它再也不愿飞翔。亲爱的，你是否也是跌断翅膀的雄鹰？从今天起，别再像受气包似的趴在地下任人宰割了。你要顽强地爬起来，即使跌断了翅膀，也要飞翔。不飞，你永远都得活在最低的地方，再也不被人羡慕。甚至最后，连你自己都看不起自己。不想追悔莫及，就试着飞翔吧！只要你爬起来飞，就有希望。哪怕你飞得不远，也不高，甚至只坚持了一秒又跌了下来，那也比你趴在那里等死强。即使跌下来，他也会爬起来再试。屡试屡败，屡败屡试。成功是千锤百炼磨出来的，新的翅膀也是这样铸出来的。

刘伟说：“我的人生只有两条路，要么赶紧去死，要么精彩地活着。”既然我们选择精彩地活着，那就得吃别人吃不了的苦，受别人受不了的罪，忍别人无法忍的失败和屈辱。即使没有伞，也要在风雨中奋力前行。即使跌断翅膀，也要在低谷中拼命飞翔。也许飞着飞着，就会飞入云端。

我们终究没有辜负自己

这世上，所有的付出并不是平白无故。而我，只想在最美的年华，绽放最好的自己。披星戴月去奋斗，披荆斩棘去拼搏。跌倒又爬起，披荆再斩棘，我们终究没有辜负自己。

几个月前余生问我，“雪桥，你说我们坚持这么久，没有结果也不肯放弃，到底是为了什么呢？”我先是一怔，因为我从没想过这个问题，一时半会儿也没法回答。都说生活的理想是为了理想的生活，但这只是从前的想法。想自己能靠写作出人头地，不再被人看不起，想成为父母亲人的骄傲，想赚更多的钱回报父母，想让拮据的生活变得好一点。

可后来，我写着写着思想就单纯了，没了从前那么多的想法。当然，可能也是经历了太多的失望，最后就不抱希望了。可还是不肯放弃，傻傻地坚持着。到最后，感觉文字就成了自己生命里不可缺少的重要存在。像是空气，像是水，更像是流淌在自己身体里的血液，没有它，就活不下去。

所以我是这样回答余生的："这么多年一直不问结果的坚持，到了现在，只是为了不辜负自己。"

余生玩笑似地说："我还以为你会说是为了谁谁呢？"

其实我当时也想说，是为了谁谁在努力。可是从十七岁开始到现在，已经整整十一年了，一直没有结果，早就没人期待我的成功了。这样也好，当坚持只是为了不辜负自己，也就不会有从前的压力。

从前被编辑退稿，每次我都会大哭一场，哭得像天塌了一样绝望。时间久了，原本就不同意我走这条路的家人更是一遍遍地劝我放弃写作。怕我有一天精神崩溃，走火入魔。后来再被编辑退稿，心还是刀割般疼，会偷偷跑去厕所哭，会在洗脸时把脸浸入脸盆里哭，也会在天黑时躲进被窝里哭，只是不敢让家人知道。怕他们担心，也怕他们让我放弃。

可是现在，就算失败，会失落也不会哭泣。有哭的力气，不如继续努力。失望也不会绝望，努力就还有希望。

余生说："是不是像我们这样的人已经对失败有免疫力了？结果再怎么不堪眼里也倒不出泪了？"我说："也许是越摔倒越坚强吧！"其实也不过是一次又一次咬牙死扛。

从前有个编辑跟我说，这世界有五千家出版社，你不被五百家拒绝，都没有资格说放弃。这句话给了我很大的希望，于是败一次就咬牙爬起来一次，继续努力。

最拼的时候就是几个晚上都不睡觉。白天有各种琐碎的事。写作通常都是在晚上，时间够完整，不会分散精力。写到最后，手指抽筋得要靠另一只手掰开。那时没有电脑，全都靠手写，然后拿去打印社打印再发给编辑。虽没有像小说、电影里那样，拼到晕倒送去医院。但有时连续几天不休息，只要一低头，就会流鼻血。我告诉自己，谁的成功都是以命相搏。没有背景，没有学历，还没有过人的天资，不拼命努力，成功凭什么属于你？

还有更糟糕的，只要过了半夜十二点不睡，哪怕天亮时浅眠几分钟，也会被梦魇折磨得不敢再睡。从坚持写作开始，这个问题已经困扰我很多年了。只要闭眼就会感觉头上有个无脑尸伸手抓我的脖子。明知道是假的，可就是怎么挣扎也动不了，拼命使劲才能醒过来。去看了医生，医生说极度缺乏睡眠，大脑得不到休息。可是我不能休息，比我优秀的人都还在拼命，我不敢不努力。

我跟余生说，我们的主编江晓英利用业余时间，三年出版了八本书，而且每一本都堪称经典。而我十一年仍旧颗粒无收，只能说明一个问题，天资不足，努力还不够。

我说，十一年了，想想自己都吓了一跳。我不知道人生还有几个十一年，但只要活着，就不会放弃。这个十一年不行，就再拼下一个十一年。

余生感叹，他自己也坚持了快十年了，如果这个十年不行，也还会继续下一个十年。

他说："按照格拉德威尔的一万小时定律来算，我们的付出远远超过了他所说的历练精英的时间。我想，我们再拼十年，就算不成功，也会比现在更优秀一点。"余生的眼睛很明亮，眼里闪烁着透着光的执着。

余生跟我同岁，从事服装设计工作。但家里人一直反对他这份工作，因为他只设计女性内衣。毕业也好多年了，但他的设计一直不温不火，没有一个让自己闪光的亮点，与那些出名的设计师相差甚远。他说，知道自己离那个闪光点还很遥远才一直拼命朝前跑，没结果也还是想再拼拼，再试试，其实就是不想辜负自己。

余生问我："雪桥，你觉不觉得我们的梦想就像大海一样没有尽头？"

我说："大海是有尽头的，就像我们脚下的路，只要按照航向继续前进，总有一天会看见大海的尽头。"

余生似乎对我的回答并不满意，又问了我一句："如果已经遍体鳞伤，还是看不到尽头呢？"我说："看不到尽头也要走下去。成功的路非死即伤，但别妄想我举手投降。"

我跟余生说，我们那么热爱自己的理想，就该有宁死不屈的倔强。哪怕终其一生都没有结果，也不能投降。有些事，明知道没结果还是要去做。谁敢说，努力了不会有奇迹绽放？不去试试，又怎么知道未来等着你的不是明媚的春天和醉人的花香？

所以，别再说努力也没有结果，更别清高地说，梦想只为了享受过程，不追求结果。有梦想凭什么不追求结果？不敢追求结果，是自己不自信，还是心虚自己不够努力？对于自己热爱的事，在心里结果确实不那么重要，但是为了不辜负自己也要给自己一个结果。问理想要一个结果不是不尊重理想，你的努力配不上你的理想，才是对理想的亵渎。余生用力地点头："对，为了不辜负自己也要在理想那里追求一个结果。"

那次聊过以后，余生许久都没再找我，他在准备一场内衣秀的比赛。开始时我还会在夜里收到余生发给我的设计图，让我提些意见。后来可能太忙，连朋友圈都找不到他的影子了。而我自己，也忙于各种学习，试写各种选题。

家里还是不支持我的选择，说我没等成功就得累死，朋友也还是说，靠写作生活不如干个体，更有人说，我要能成功，狗都能出人头地。

不管别人说什么，我塞上耳朵，继续做自己该做的事。梦想的道路，哪怕有千万人阻挡，只要我们不投降，成功就有希望。生活不要求我们成为最好的，但要求我们尽最大的努力。做不了神，也不能做普通人。努力不是为了取悦别人，更不是为了向别人证明什么，只是不想辜负自己。

就在今天，余生设计的内衣在某国际时尚内衣秀比赛中脱颖而出，获得大赛第一名。而我自己，刚刚接到了被成都九臣文化传媒签约的消息。我们几乎同时把自己的好消息发给对方。又同时发出一句：我们终究没有辜负自己。

最黑的夜才能看见最美的光，最绝望的努力才能开出最美的荡气回肠。下雨也有太阳，天黑还有月亮，人生到处充满希望。每天都有奇迹发生，傻瓜才喊放弃。失望也不能绝望，哭泣也不能放弃，保不齐哪天奇迹就落在你头上。

我们一路跌跌撞撞走过来，再大的坎坷也都经历过。人生有梦想就要坚持，不坚持走下去，怎么知道世界给你准备了怎样的惊喜？现实有时候不像我们想象中那么可怕，只要咬牙坚持，那一段你拼命努力却感觉不到希望的日子，都会过去。只要努力，你想要的，岁月都会给你。

这世上，所有的付出并不会白白耗费。而我，只想在最美的年华，绽放最好的自己。